院慶歌

馮驥才

十年磨成一劍
舞起青霜紫電
斬却精神蕪穢
耕種文明田園

乙未播文堂製

院庆歌

冯骥才

十年磨成一剑，舞起青霜紫电，
斩却精神芜秽，耕种文明田园。

乙未播文堂制

院庆歌，
冯骥才先生作
我院跳龙门博物馆木版
活字厅用明代木活字排
版印制。

一座人文学院的思考、理念、求索与收获

十年磨一剑

2005-2015
天津大学
冯骥才
文学艺术
研究院

图志

主编 冯骥才

目　录

1 建院（2001-2005）

2 大事記（2005-2015）

3 今天

序　言

十年磨一剑

冯骥才

在我校天津大学一百二十寿诞之日，机缘巧合，我院迎来它十年的庆典，真是幸事。

然而，自我当年从校长手里接过聘书，应有十多年了，然院舍建成于**2005**年，由是立足和起步，把学院由无到有一点点扎扎实实干起来，正好用了十年。

在**2005**年学院大楼落成剪彩仪式上，我说："从今天起，天大（天津大学）的事对于我，是天大的事。"我没食言，虽然我在数年之后才调入天津大学，但十年中我从自身上切下一大块生命蛋糕。

为了这座学院我倾心竭力，却并不是因为它以我的名字命名；我不是为个人的荣誉而战，我对学术研究和教育有自己的思考和理想；我喜欢为理想而活着，以思想立，承担责任。一个人的肩膀是放重物的。

特别是我受聘那年（**2001**），正是我倡导的规模浩大的中国民间文化遗产抢救工程开启之日，我肩上同时放两件大事。我有时会把这两件具有凿空意义的事合起来做，使我院成为国家文化遗产保护事业的学术支撑和人材培养的基地。可是，有时我还要把这两件大事分开。学院有自己的追求。学院要名符其实成为天津大学的人文绿地，要面对学子的学识与修养而工作，要有自己的气质，要博物馆化，更要有自己的学科优势和教研体系。

十年来，在校领导知己般的支持下，在学院团队共同协作中，我们虽然还没有完美地完成自己，却已然有姿有态实现了自己。我为我们的学院骄傲。

十年之间，我们一直默默又执着朝着自己的目标奋力前行，做自己的事，磨自己的剑。十年过去，宝剑初成，霜刃崭露，应该拔剑出鞘，为大学、为社会和国家做更多贡献了。

现在，我们编写这本图志，乃是为了呈现以往，梳理知行，审视自己，以利前程。

我自己虽然不再有过去的十年，年轻人却会有许多未来的十年，他们会努力下去，使学院在这座中国第一所现代大学深邃又优美的校园里，长成一棵茁壮的大树。

2015.7.6

2001
-
2005

1 建院

建院者要有一种自我的敬畏，不是对自己，而是对学院。

背景与缘起

1895 年 **10** 月 **2** 日中国第一所现代大学就诞生在这座城市——天津。

中国高等教育从这里迈出第一步。

中国近代文明的起点之一。

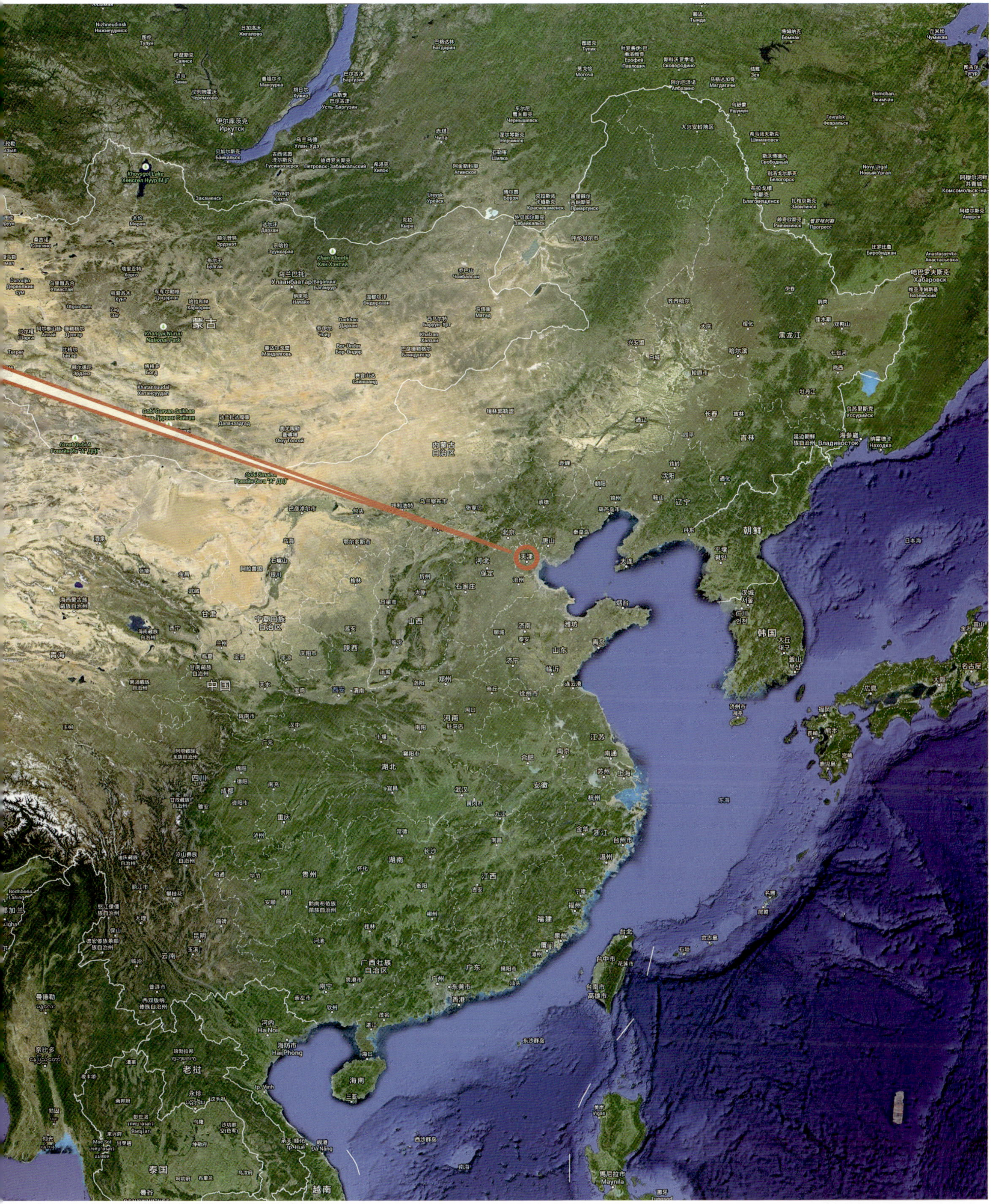

蒙古
内蒙古自治区
中国
黑龙江
吉林
辽宁
河北
天津
朝鲜
韩国
老挝
泰国
越南

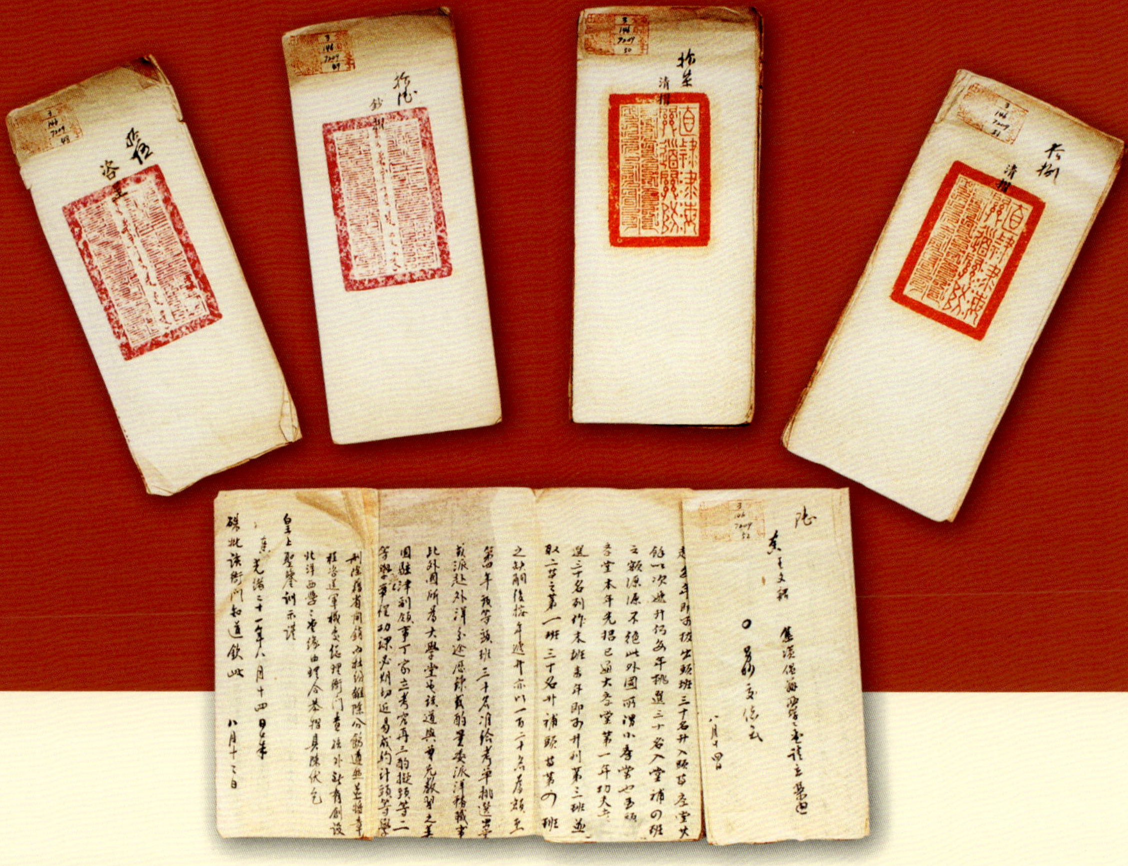

创建北洋大学的朱批奏折，现藏天津大学校史博物馆。

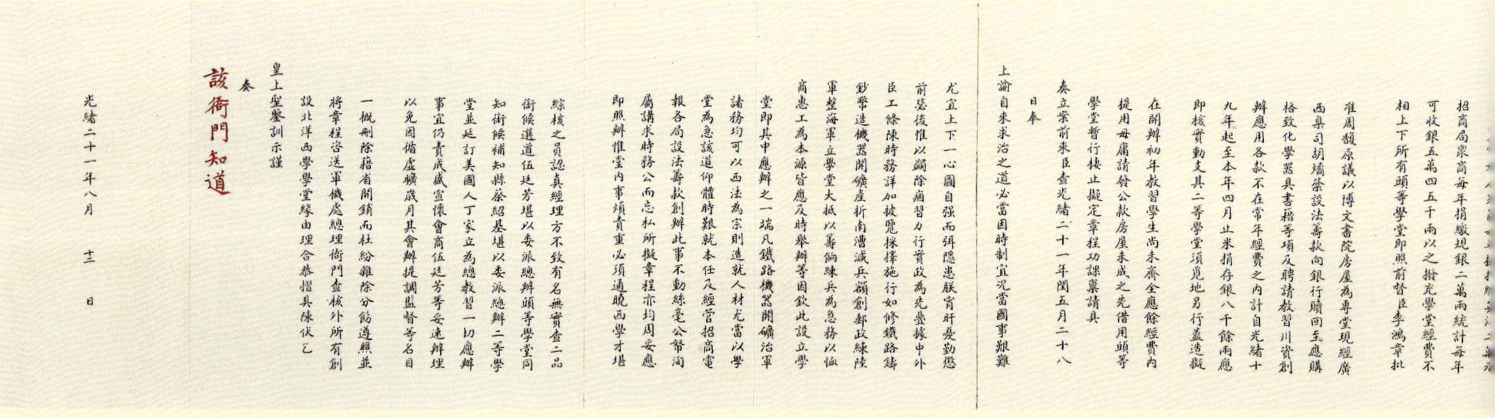

招商局衆商每年捐繳規銀二萬兩統計每年
可收銀五萬四五千兩以之撥充學堂經費不
相上下所有頭等學堂即照前督臣李鴻章批
准周馥原議以博文書院房屋為專堂現經廣
西臬司胡燏棻設法籌款向銀行贖回至應購
格致化學器具書籍等項及聘請教習川資創
辦應用各款不在常年經費之内計自光緒十
九年起至本年四月止米捐存銀八千餘兩應
即核實動支其二等學堂須覓地另行蓋造擬
在開辦初年教習學生尚未齊全應餘經費内
提用毋庸請發公款房屋未成之先借用頭等
學堂暫行棲止擬定章程功課稟請具
奏立案前來臣查光緒二十一年閏五月二十八
日奉
上諭自來求治之道必當因時制宜況當國事艱難
尤宜上下一心圖自强而弭隱患朕宵旰憂勤懲
前毖後惟以蠲除痼習力行實政為先疊據中外
臣工條陳時務詳加披覽採擇施行如修鐵路鑄
鈔幣造機器開礦産折南漕減兵額創郵政練陸
軍整海軍立學堂大抵以籌餉練兵為急務以恤
商惠工為本源皆應及時舉辦等因欽此設立學
堂即其中應辦之一端凡鐵路機器開礦治軍
諸務均可以西法為宗則造就人材尤當以學
堂為急該道仰體時艱就本任及經管招商電
報各局設法籌款創辦此事不動絲毫公帑洵
屬講求時務公而忘私所擬章程亦均周妥應
即照辦惟堂内事煩責重必須通曉西學才堪
綜核之員認真經理方不致有名無實查二品
銜候選道伍廷芳堪以委派總辦頭等學堂同
知銜候補知縣蔡紹基堪以委派總辦二等學
堂並延訂美國人丁家立為總教習一切應辦
事宜仍責成盛宣懷會商伍廷芳等妥速辦理
以免因循虚曠歲月其會辦提調監督等名目
一概删除藉省開銷而杜紛雜除分飭遵照並
將章程咨送軍機處總理衙門查核外所有創
設北洋西學學堂緣由理合恭摺具陳伏乞
皇上聖鑒訓示謹
奏
該衙門知道
光緒二十一年八月 十二 日

天津大学（北洋大学）创办人
盛宣怀（1844–1916）。

《天津海关道台盛宣怀禀明创办西学学堂事》
奏折 1895 年 8 月 12 日

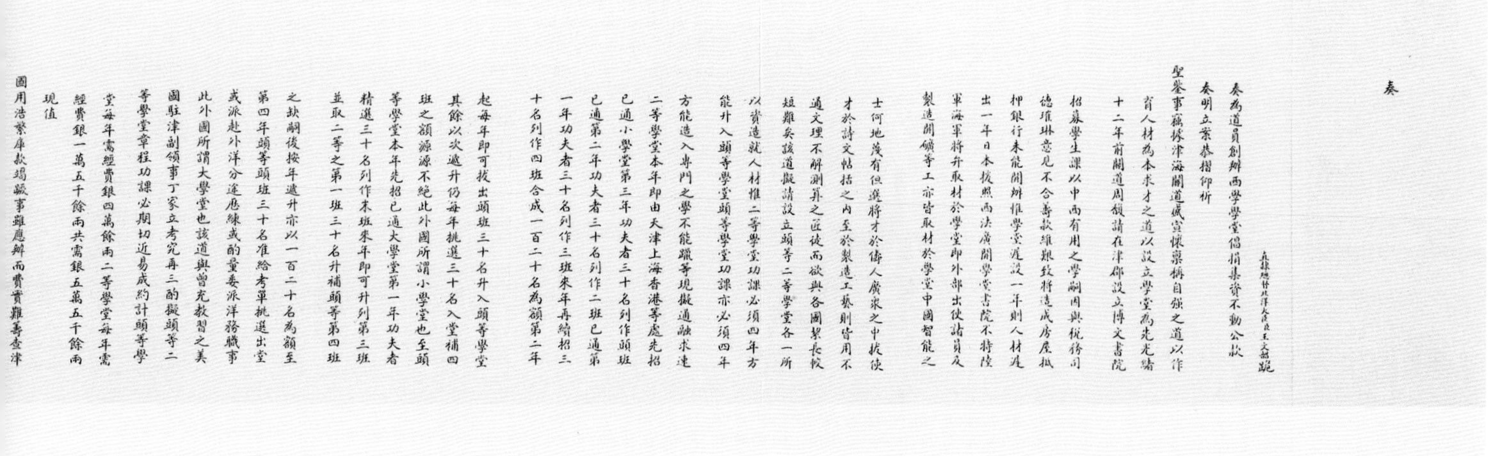

奏
奏為道員創辦西學學堂倡捐集資不動公款
直隸總督北洋大臣王文韶跪
奏明立案恭摺仰祈
聖鑒事竊據津海關道盛宣懷稟稱自强之道以作
育人材為本求才之道以設立學堂為先光緒
十二年前關道周馥請在津郡設立博文書院
招募學生課以中西有用之學嗣因興稅務司
德璀琳意見不合籌款維艱致將造成房屋抵
押銀行未能開辦惟學堂遲設一年則人材遲
出一年日本效照西法廣開學堂書院不特陸
軍海軍將弁取材於學堂即外部出使諸員及
製造開礦等工亦皆取材於學堂中國智能之
士何地蔑有但選將才於儔人廣衆之中拔使
才於詩文帖括之內至於製造工藝則皆用不
通文理不解測算之匠徒而欲與各國絜長較
短難矣該道擬請設立頭等二等學堂各一所
以資造就人材惟二等學堂功課必須四年方
能升入頭等學堂頭等學堂功課亦必須四年
方能造入專門之學不能躐等現擬通融求速
二等學堂本年即由天津上海香港等處先招
已通小學堂第三年功夫者三十名列作頭班
已通第二年功夫者三十名列作二班已通第
一年功夫者三十名列作三班來年再續招三
十名列作四班合成一百二十名為額第二年
起每年即可拔出頭班三十名升入頭等學堂
其餘以次遞升仍每年挑選三十名入堂補四
班之額源源不絕此外國所謂小學堂也至頭
等學堂本年先招已通大學堂第一年功夫者
精選三十名列作末班來年即可升列第三班
並取二等之第一班三十名升補頭等第四班
之缺嗣後按年遞升亦以一百二十名為額至
第四年頭等頭班三十名准給考單挑選出堂
或派赴外洋分途歷練或酌量委派洋務職事
此外國所謂大學堂也該道與曾充教習之美
國駐津副領事丁家立考究再三酌擬頭等二
等學堂章程功課必期切近易成約計頭等學
堂每年需經費銀四萬餘兩二等學堂每年需
經費銀一萬五千餘兩共需銀五萬五千餘兩
現值
國用浩繁庫款竭蹶事雖應辦而費難籌查津

北洋大学初名北洋大学堂，**1931** 年更名国立北洋大学，**1951** 年定名为天津大学，是教育部直属国家重点高等学府。

北洋大学校徽

天津大学校徽

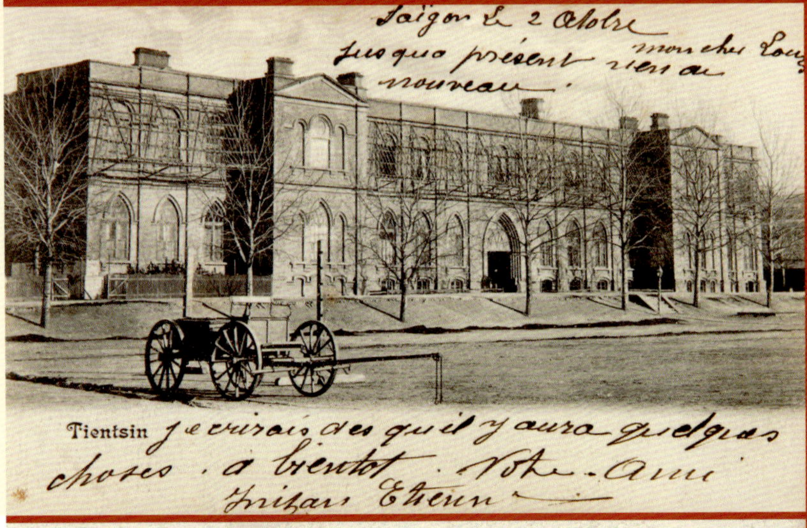

右上：北洋大学最早的校址博文书院（1895–1900）。此明信片邮戳为 1900 年。

右下：1945 年后的北洋大学校门

上：天津大学门楼

下：天津大学校园风光

校训

建于二十世纪五十年代的第
九教学楼（主楼）

刘建平书记和李家俊校长在我院

2001 年 2 月 3 日

天津大学冯骥才文学艺术研究院建立

本世纪第一年（2001）冯骥才从时任天津大学校长单平手里接过聘书，走进这座中国年龄最长的大学。

上：2001 年 2 月 3 日聘任仪式现场

下：就任讲话

人民日报
RENMIN RIBAO

冯骥才受聘天大当院长

冯骥才文学艺术研究院成立
高占祥出席聘任仪式 刘峰岩会见

本报讯（记者周凤华 吴学娥）昨天，天津大学举行仪式，聘任我国著名作家冯骥才为天津大学教授兼天津大学社会科学学院名誉院长。天津大学校长单平同时宣布建立"天津大学冯骥才文学艺术研究院"，聘任冯骥才为院长。

中国文联党组书记高占祥，全国人大常委会委员、民进中央常务副主席张怀西，民进中央副主席王立平专程来津出席聘任仪式。市委常委、市委教卫工委书记邢元敏，副市长俞海潮，市政协副主席张永根、姚建铨、曹秀荣出席聘任仪式。

聘任仪式后，市委副书记刘峰岩会见了高占祥。刘峰岩代表市委、市政府对高占祥专程来津出席聘任仪式表示欢迎，对中国文联多年给予天津工作的关心和支持表示感谢，同时……

……津大学为全面提高办学水平，培养面向21世纪的优秀人才采取的一项新措施。他希望冯骥才以其出色的才华、高度的责任感和在海内外的影响，为天津大学实现"建成国内外知名高水平大学"的目标做出贡献。

（下转第2版）

天津大学聘冯骥才当院长

今天成立的冯骥才文学艺术研究院，建筑面积2000平方米……在冯骥才所从事的文学、艺术和文化等文化研究的基础上，研究……面进行文学、艺术和文化等科的学术性研究；另一方面……展国内外文化艺术的交流活动……高品位和高水准的社会文化……进校园，以使校园充满良好的……气息，师生们能受到高雅的文化艺术熏陶。

冯骥才受聘天津大学教授
以他命名的文学艺术研究院成立

本报天津2……杰报道：今天，……校长单平向我国著……发聘书，聘任他为……骥才文学艺术研究院……会科学与外国语学院名……

开出未来生命一张支票
——访冯骥才
本报记者 杜仲华

媒体报道

院长

冯骥才，男，浙江宁波人，中国当代作家、画家和文化学者。1942年生于天津。为“文革”后崛起的“伤痕文学运动”代表作家。1985年后以“文化反思小说”对文坛产生深远影响。作品题材广泛，体裁多样，已出版各种作品集近百种。代表作《啊！》、《雕花烟斗》、《高女人和她的矮丈夫》、《神鞭》、《三寸金莲》、《珍珠鸟》、《一百个人的十年》、《俗世奇人》等。作品被译成英、法、德、意、日、俄、荷、西、韩、越等十余种文字，在海外出版各种译本四十余种。

冯骥才兼为画家，出版过多种大型画集，并在中国各大城市和奥地利、新加坡、日本、美国等国举办个人画展。他以其中西贯通的绘画技巧与含蓄深远的文学意境，被评论界称为“现代文人画的代表”。

冯骥才又是当代文化学者。近二十年来，他投身于城市历史文化保护和民间文化抢救。倡导与主持中国民间文化遗产抢救工程，并致力推动传统村落的保护，对当代中国社会产生广泛影响。

现任中国文学艺术界联合会副主席，全国政协常委，国务院参事，中国民间文艺家协会主席，天津大学冯骥才文学艺术研究院院长，博士生导师，国家非物质文化遗产名录评定工作领导小组副组长、专家委员会主任，中国传统村落保护专家委员会主任等职。

构想到建造

对于一座人文学院的校舍，品味应排在第一位；我希望建筑师给我这样一座校舍：宁静感、深邃、大气、简洁，还有空间的创造性。

——冯骥才

建筑师

周恺，中国当代著名建筑师，1985年毕业于天津大学建筑系，获学士学位，1988年获硕士学位，之后赴西德鲁尔大学建筑系进修，1992年回国，1995年成立天津华汇工程建筑设计有限公司，并任总建筑师。2008年被评为全国工程勘察设计大师。现为天津大学建筑学院教授、博士生导师，中国建筑学会常务理事。其作品曾获亚洲建协金奖两项、荣誉提名奖一项；获国家金奖三次、银奖两次；省部级奖项百余次。

本建筑获得2014亚洲建协－公共设施类－金奖；2014中国建筑学会建筑创作奖－公共建筑类－金奖；1949-2009中国建筑学会60年建筑创作大奖；2006 WA中国建筑奖－佳作奖等多个国内外知名奖项。

模型

设计的"实景"
这座建筑是周恺先生的代表作。

选址

破土动工

建造中

整座大楼墙壁上的条纹是工人们凿刻出来的

工地上

2001 年 10 月 2 日

奠基仪式

仪式现场

上：奠基仪式

下：奠基石

刚刚建成的楼舍外景

冯骥才说："我们要在这座驰名中外的理工科大学的腹地，开辟出一块纯净的人文绿地。"

俯瞰天大校园，中间灰白色方形的建筑为我院。

立足和起步

2005 年 **5** 月我院大楼建成，是日举行盛大落成典礼，同时举办首届北洋文化节开幕。

“从今天起，天大（天津大学）的事对于我，就是天大的事。”

上：会议现场

下：研究院大楼落成典礼，挂牌仪式。

下左：胜友如云

下右：著名钢琴家刘诗昆以一曲《黄河》表示激情的祝贺

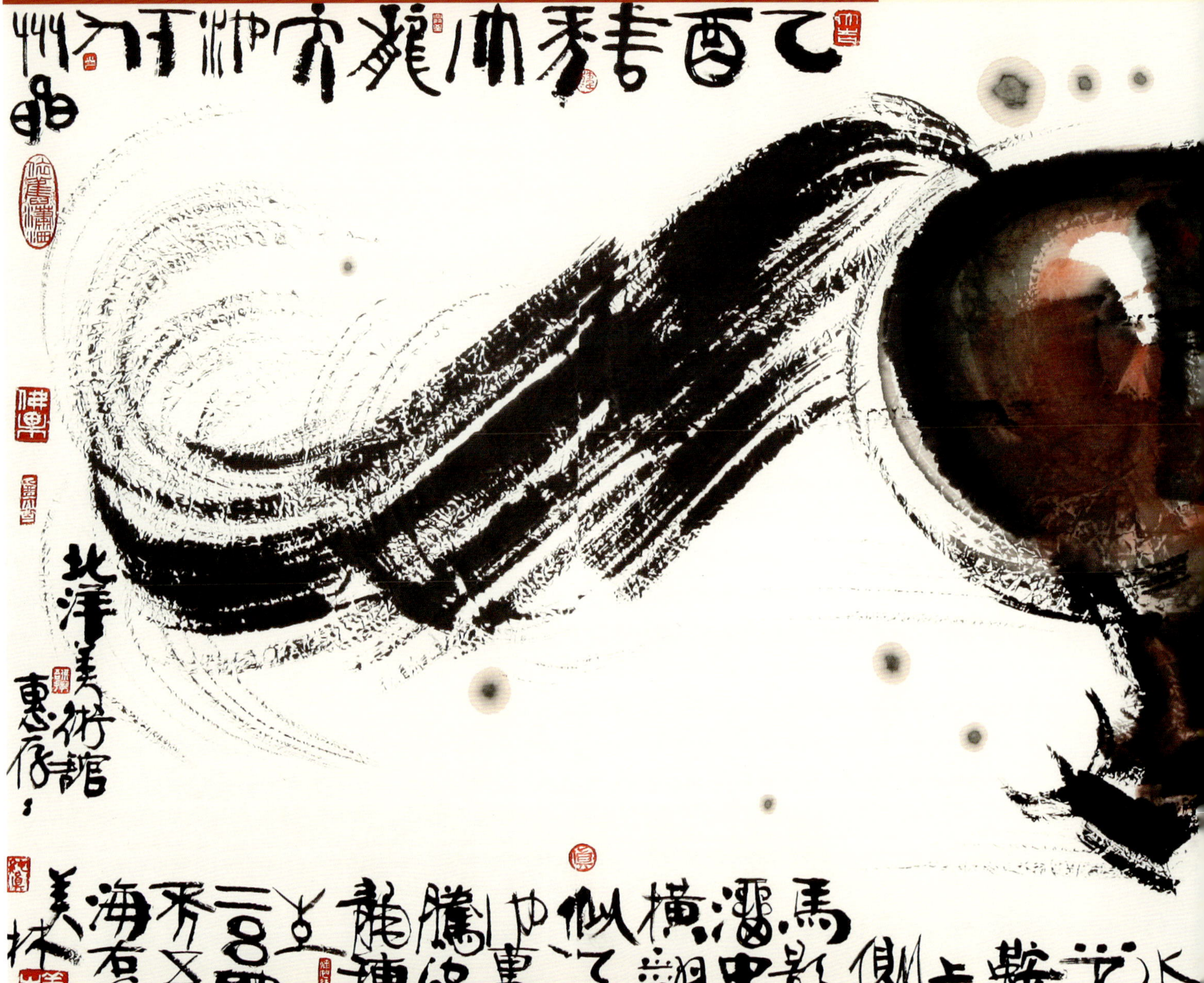
北洋美術館惠存

建院之日，画家韩美林赠送的画作《奔马》。

院徽（著名设计师陈幼林设计）

（下转第三版）

冯骥才文艺研究院今落成

张怀西高占祥等出席 首届北洋文化节同时开幕

本报讯（记者高丽 实习生陈）天津大学冯骥才文学艺术研究院新楼落成典礼暨天津大学首届北洋文化节开幕式今天上午隆重举行。全国政协副主席、民进中央常务副主席张怀西，中华民族文化促进会会长高占祥，全国人大常委、民进中央副主席、中国音协副主席王立平，天津市市委常委、宣传部部长肖怀远，市委常委、教卫工委书记陈超英，副市长张俊芳，老市政协副主席叶厚荣、姚建铨，市政协副主席方放等出席开幕式。中国作协名誉副主席邓友梅、中国美术家协会副主席韩美林、中国曲艺家协会副主席姜昆、中国电影家协会副主席李前宽以及台湾影视明星赵文瑄等文艺界人士也云集天大，共同参加庆典活动。

北洋文化节于今天至22日在冯骥才文学艺术研究院举行。四天时间里文化活动密集，其中国内著名的中华书局、商务印书馆、三联书店、人民文学出版社、作家出版社、人民美术出版社、文汇出版社等近40家出版社，将在研究院内举办新书展，展示我国人文科学领域的脉动和绚烂。冯骥才在研究院内新落成的大树画馆将举办其精品画展。韩美林、何家英、孙其峰等几十位画家送来新作，在文化节上展示他们最新的艺术成果。邓友梅、余华、莫言、范曾、李前宽等著名文学艺术家将举办精彩讲座，纵谈当代文坛热点。刘诗昆和香港著名钢琴家孙颖将让优美的钢琴曲溢满大楼的各个空间。著名导演冯小宁将带来他的电影新作《信天游》。

由南开区赠送的900条金鲤鱼投放到了研究院楼前的湖中。鱼在水中游，犹如画中景，为这座新建成的艺术大楼平添了更多的活力。

题图 冯骥才在开幕式上。本报记者 摄

大冯"天大的事"

天津大学冯骥才文学艺术研究院落成纪念
邮政编码：

中国邮政
祝福
邮政编码：
China
Singapore
中国参加新加坡2004年世界邮票锦标赛纪念

学院落成的纪念封

2005
-
2015

2 大事記

做过的事都是一个一个点，连起来就是走过的路。

2005

2006

2007

2008

2009

2010

2011

2012

2013

2014

2015

重要文化事件

（2005-2015）

十年来，我院举办过许多文化与艺术的展览和活动。引起校园内外广泛的关注。这里选择若干按年代顺序排列。由于意义重要，内含深厚，具有事件性。

首届北洋文化节

2005年**5**月**19**日至**22**日我院举行大楼落成典礼的同时，举行“首届北洋文化节”，以兑现致力将我院建成校园人文中心的承诺。

北洋文化節
Peiyang Culture Festival
天津大學·2005

北洋文化节会徽

右：文化节使用的各种节目单、简介、请柬等

下：文化节活动外景

2005

2006

2007

2008

2009

首届北洋文化节

各项展览

1. 当代画坛名家邀请展，参展者：韩美林、范曾、刘大为、王明明、史国良、何家英等。

2. 冯骥才绘画精品展

3. “走近民间艺术大师”展演活动，参展者：王玓、尔宝瑞、常诚、张福海等。

4. “把新书搬进大学”书展，参展者：中华书局、商务印书馆、三联出版社、人民文学、作家出版社、人民美术出版社等。

5. “新疆龟兹风情”摄影展，参展者：中国摄影出版社。

6. “中国的文房美”展

许多作家艺术家纷纷到来

2005

首届北洋文化节

2006
2007
2008
2009
2010
2011
2012
2013
2014
2015

画家画展

民间艺术家（一组）

2005

2006

2007

2008

2009

2010

2011

2012

2013

2014

2015

盛宣怀蜡像揭幕仪式

一座人文学院要做的第一件事是尊敬历史，把自己与历史的灵魂和根脉接通。

——冯骥才

上：盛宣怀蜡塑像，尔宝瑞作，现藏我院雕塑博物馆。

左：盛宣怀历史照片。

盛宣怀（1844–1916），字杏荪，别号愚斋，江苏常州武进人，官至邮传部尚书。毕生致力兴办工商事业，先后创办过上海轮船招商局、上海电报局、铁路总公司、中国通商银行等。

在任津海关道期间，因甲午战败而思育才强国，上奏折请办新式大学堂，于1895年10月亲手创办近代中国第一所大学——北洋大学堂（天津大学前身），为中国近代大学教育的奠基做出了贡献。

2005 年 10 月 2 日天津大学 110 周年，我院举行盛宣怀蜡像揭幕仪式。

纪念封

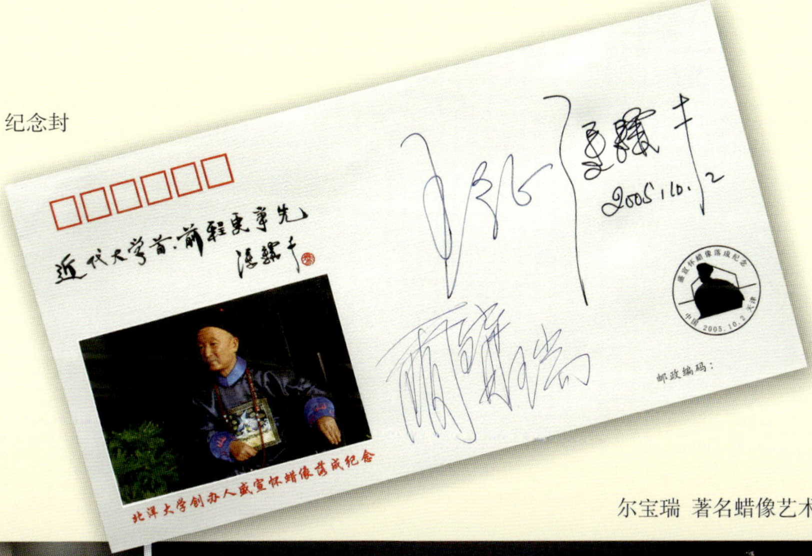

现场

尔宝瑞 著名蜡像艺术家

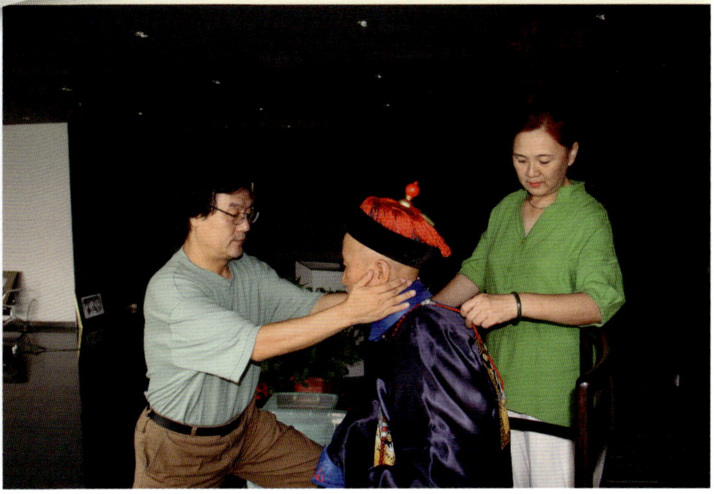

意大利绘画巨匠原作展

本次展览被称作“意大利文艺复兴原作第一次走进中国大学”。展出作品包括达·芬奇、米开朗基罗、拉斐尔、提香、丢勒等人类绘画巨匠 **49** 件原作，为跨越意大利绘画史 **400** 年中各个时期的经典性作品。它们是佛罗伦萨路易吉·贝利尼博物馆的藏品。这次展览在校园和社会产生巨大轰动效应。展览共 **16** 天（**2006** 年 **3** 月 **25** 日至 **4** 月 **9** 日），每天参观者平均达 **7000** 人，总数超过十万人。

展览外景

上：开幕仪式

中：学生踊跃参观

下左：开幕式场地

下右：展厅景象

意大利绘画巨匠原作展

本次展览藏品来自当今世界最大的收藏家族——贝利尼家族。该家族经过十七代人数百年的努力，今天已在纽约、伦敦、摩纳哥、威尼斯、佛罗伦萨拥有五座私人博物馆和近两万件艺术珍品。

本次展览是路易吉·贝利尼先生与冯骥才先生商定的。展览开幕时意大利总统钱皮先生、意大利文化遗产与文化活动部、意大利驻华大使孟凯帝先生等发来贺电。

参观画作

在提香的作品前

展厅一幕

作品：圣约翰布道 Predica del Battista
创作年代：16 世纪纪初
作者：被认为是拉斐尔·桑齐奥的作品
Attribuito a Raffaello Sanzio （1483–1520）
尺寸：27 × 50cm
材质：祭台板上油画 tavotetta dipinta

2005

2006

2007

2008

2009

2010

2011

2012

2013

2014

2015

意大利绘画巨匠原作展

作品：骑士 Cavaliere
创作年代：15 世纪
作者：列奥纳多·达·芬奇
Leonardo Da Vinci(1452–1519)
尺寸：34×25cm
材质：素描画 schizzo

右页作品：（虚构的）奇特大拱廊（此画的构图未加改动地复制了卡纳莱托于 1765 年送给威尼斯艺术学院的那幅画）
Grande portico fantasia(capriccio)
(La composizione riprende sanza varianti il quadro che il canaletto dono` nel 1765 all'Accademia di venezia)
创作年代：18 世纪
作者：安东尼奥·卡纳雷（别名卡纳莱托）
Antonio Canale detto Canaletto（1697–1768）
尺寸：152×117cm
材质：布上油画 dipinto su tela

意大利绘画巨匠原作展

作品：女人肖像 Ritratto di donna
创作年代：16 世纪
作者：雅科波·福斯基
Jacopo Foschi（1502–1567）
尺寸：95 × 83cm
材质：布上油画 Dipinto su tela

胸花、海报、票

记录这一文化盛事的图书《凝视达·芬奇》，冯骥才 2006 译林出版社

观者潮

“陈和陈”平面设计艺术展

我们生活在商品经济时代里，是否知道生活的一切都是经过设计的？当我们选择商品时，是否清楚我们只是选择一种设计结果？而这种设计却是一种视觉创造，一种美的想象，一种离我们最近的艺术？

本院展出的设计作品，来自两位当代知名的设计艺术家——陈幼林先生和陈栋玲先生及他们各自的工作室。他们从几百米见方的巨幅点彩画到两三公分大小的邮票，从厚厚的书籍装帧到立体的商品包装中，淋漓尽致地展示他们的才气与个性。一位高雅而灵透，一位浑厚又凝重，无论他们的艺术来自于本土还是外洋，他们都是最具时代精神的设计师，都是能为商品提高市场魅力与价值的实力派，都是在审美精神和生活概念上具有创新勇气的艺术家，都是当代平面设计领域中身居前沿的代表性人物。

——选自冯骥才《画展前言》

Chen & Chen Design Exhibition

陳和陳視覺設計展

展览标志

充满个性的作品

展厅一角

“陈和陈”平面设计艺术展

本次展览由 **2006** 年 **12** 月 **2** 日至 **10** 日。共 **9** 天。展览期间邀集全国著名平面设计专家及学者，召开“陈和陈”平面设计学术研讨会。

研讨会

陈幼林的设计观

创意不是科学。不是 **1+1=2**，司空见惯的事物与常规的逻辑推理不会创造奇迹、震撼心灵；创意也不是天马行空。风马牛不相及，东拼西凑的画面，毫无美感与韵律可言；创意是无序的杂交，是 **A+B**。但不是简单相加，微妙的是：**A** 中有 **B**，**B** 中蕴 **A**，是旧元素新组合。亦或是新元素旧秩序；创意要愉悦心灵。外界的刺激只有与我们每个人心灵深处的某种元素产生同构，又令人耳目一新时，才能带来美的震撼。这就是创意的最高境界！好的创意贵在似与不似之间，对分寸与尺度的斟酌是设计师一生需要磨练的功力。

创意要愉悦心灵（震撼也是一种愉悦）。从美学角度讲，外界的刺激只有与我们每个人心灵深处的某种元素产生同构，同时又令人耳目一新时，才能带来美的震撼。所以，创意的跳跃，包括“意的创新”和“形的突破”。以设计目标为基础，引入新的创意概念，合理超越受众的既有认知，让人猛然一惊之后兴味盎然，有所思、有所想、有所得，是为“意的创新”；以既有元素为基础，合理突破既有表现形式和手法，或夸张、或变化、或组合，让受众看见熟悉事物的不同风貌，并为之感到刺激，留下深刻印象，是为“形的突破”。故把握创意跳跃的度，殊为不易。跳得少了，无法脱俗，表现还是平平；跳得多了，曲高和寡，让人无法理解。而“跳跃”的方向和角度，则因人而异，因个人风格不同而变化多姿，因作者功力差别而成败立判。同样都是点线面的组合，色、意、形的变化，在规则之中游刃有余，把握机会完美一跳，进而在对的时间、对的地点，让对的人惊艳、会意、动心，这就是创意的最高境界！

陈幼林设计作品

上：2000 年奥林匹克运动会中国纪念邮票

中：广告人中国

下：“笑”常道

《梵高的向日葵》点彩画，由一万多个彩球组成，挂在二十多米高的大墙上。

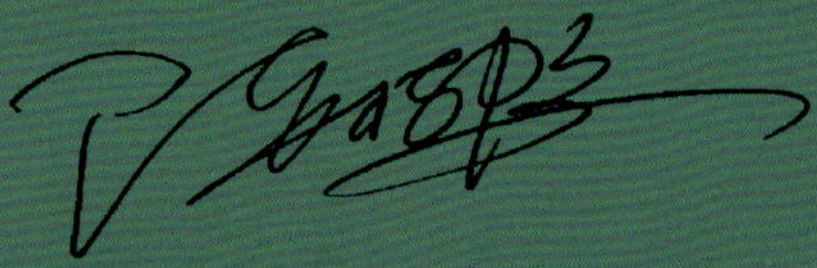

天津博物馆标志

陈栋玲的设计观

其实我很早就将设计行当作为安身立命之所，而无它欲。因设计是我生活依之食钵，心存敬畏，所以很用心；也不愿张扬，终觉因在纯艺术圈之外，而不能造作，又因为，觉得商业设计虽以张扬为本业，但其却是张扬设计对象的，需要摆好自己的位置，所以自知天命而游弋在其间，一纸空间，确也自由自在。

回想自己在设计生涯中每每面对新的领域时都离不开诸位老师的指教给予的机会，尤其是冯骥才老师，冯骥才不仅是对世界文化有影响有贡献的学者，而且对视觉设计总有独到的见解，我从中受益匪浅，感激之情常存于心。

我敬佩大师的作品，不因时间流逝而减色，几十年后再看光彩依旧。

跳龙门博物馆海报

陈栋玲设计作品

京剧邮册・旦角

七色・月华

“丝绸之路上的敦煌”艺术大展

把敦煌搬进北洋美术馆是一种近似疯狂的想象。然而 **2006** 年 **12** 月我们实现了这个向往。我院与敦煌研究院和中国摄影家协会合作，将摄影家吴健先生拍摄的充满魅力的丝绸之路与敦煌石窟，展现在北洋美术馆中。我们还别出心裁地将全息摄影拍摄的藏经洞、莫高窟第 **3** 号窟和 **217** 窟搭建在美术馆中。同时穿插了“藏经洞劫难史展”、“丝路文物展”、“佛教石雕精品展”，使师生全面和立体地感受了敦煌艺术和伟大的东方文明。

展览的招贴画

《丝路风光》吴健摄

展厅

“丝绸之路上的敦煌”艺术大展

《阳关夕照》吴健摄

《第 45 窟盛唐菩萨》
吴健摄

2005

2006

2007

2008

2009

2010

2011

2012

2013

2014

2015

“丝绸之路上的敦煌”艺术大展

展厅

用摄影作品复制的莫高窟第三号窟

观众

出版物《敦煌痛史》、《人类的敦煌》封面及展览招贴画

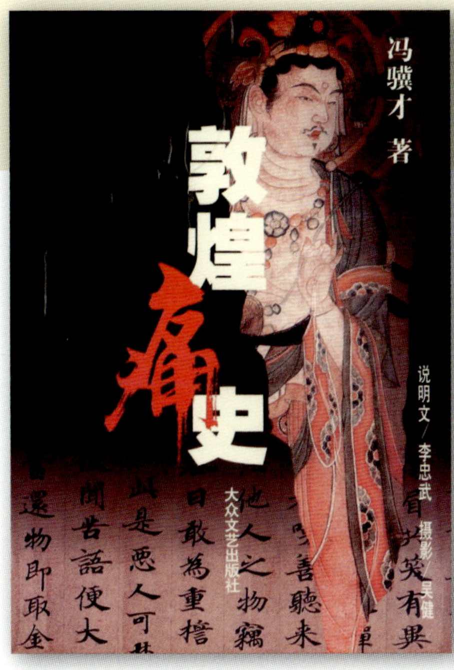

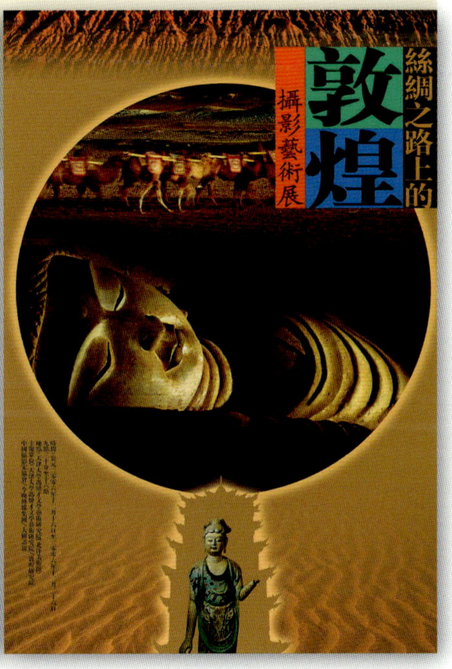

宋雨桂访友画展

当代画坛大家是我院关注的焦点之一，致力于将其创作精华展示给青年学子是我们的工作之一。宋雨桂先生雄健的画风与充满豪气而灵动的水墨使参观者大开眼界。展览期间还请宋雨桂先生公开演示创作过程，受到热烈欢迎。

独特的开幕形式

上：开幕式盛况，艺术界朋友们送给画家的“大礼包”。

中：艺术家们的聚会

下：来看画的朋友们

宋雨桂访友画展

画展招贴画

下左：展厅

下右：展览期间，画家与美术爱好者互动，演示技法。

画作《待春》

宋雨桂访友画展

画作《菁山行》（局部）

庚辰

2005
2006
2007
2008
2009
2010
2011
2012
2013
2014
2015

滑县木版年画普查成果展·中国木版年画研究中心成立

2007 年 **9** 月 **16** 日，在中国民间木版年画研究基地成立之日，我院在北洋美术馆举办了“滑县木版年画普查成果展”。将我院在滑县年画普查十个月间的抢救、登记、整理、分类、立档的全部成果，以图文和实物相结合的方式展示出来。同时，邀请艺人演示了滑县年画艺术制作的活态过程，受到了来自全国的专家学者充分的肯定。此成果已编写成中国民间文化遗产抢救工程和文化部中国民族民间文化遗产保护工程之《中国木版年画集成·滑县卷》。

展览标志

开幕式

展厅 / 参观

2005
2006
2007
2008
2009
2010
2011
2012
2013
2014
2015

滑县木版年画普查成果展·中国木版年画研究中心成立

戏曲故事 扇面 17×45cm 清代

田祖 线版 37×28cm 清代

独坐天 线版手绘 93×46cm 清代

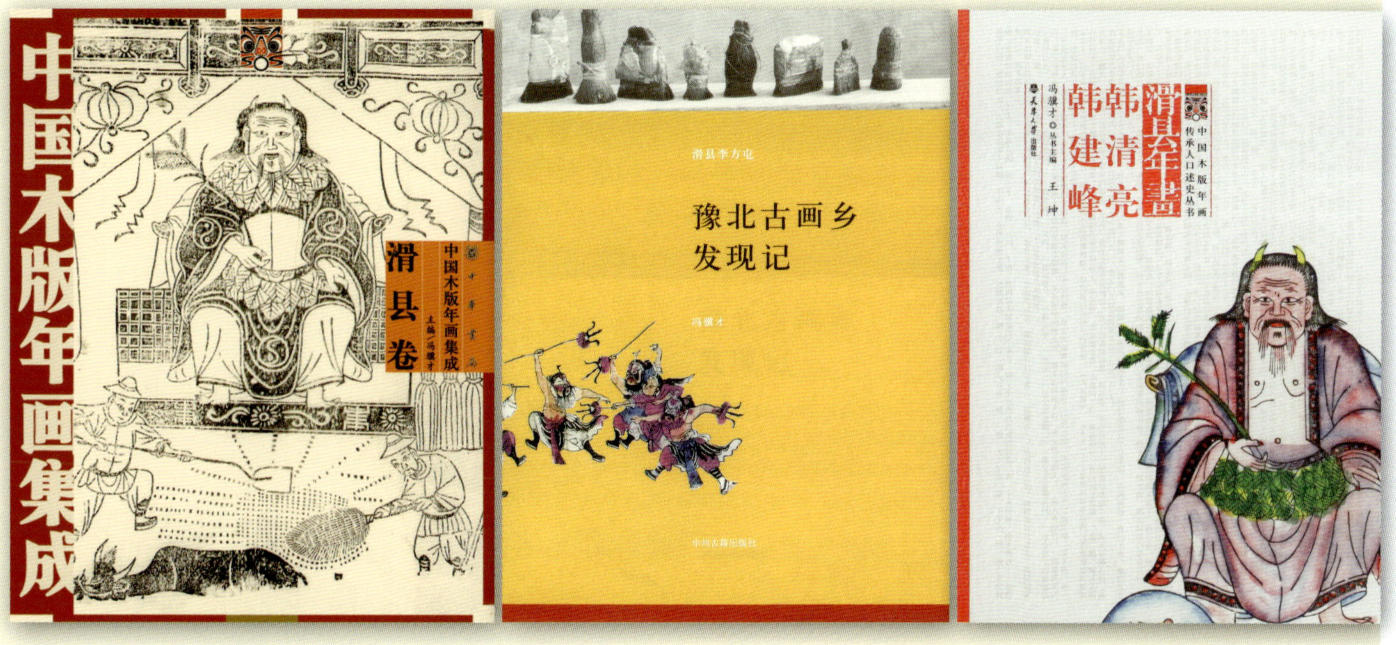

出版物《中国木版年画集成·滑县卷》、《豫北古画乡发现记》、《韩建峰口述史》封面

田野调查资料

“拥抱母亲河”摄影艺术展

象征着长江浪花的气球升到屋顶

展厅

上：独特的开幕式

下：郑云峰讲话

留住三峡的人

郑云峰是当代摄影家中最令人尊敬的一位。

他自二十世纪八十年代中期就不断只身远涉长江和黄河的源头，用镜头去探寻这两条华夏民族母亲河生命的始由。跋山涉水数十万公里，积累图片十数万帧。从那时，他的血肉之躯就融入了祖国山水的精魂。

十年后，随着长江大坝的加速耸起，三峡的湮灭日趋迫近，郑云峰决定和大坝工程抢时间，在截流蓄水之前，将三峡的地理风貌、自然景象、人文形态、历史遗存，以及动迁移民的过程全方位地记录下来。这是一位当时已年过半百的人所能完成的么？然而，历史使命都是心甘情愿承担的。于是他负债办起一家公司来积累资金。他用这些钱造了一条小木船放入长江，开始了摄影史上富於传奇色彩的“日饮长江水，夜宿峡江畔”的摄影生活。无论风狂雨肆，酷暑严冬，他一年四季，朝朝暮暮，都生活与工作在长江。两岸的荒山野岭到处有他的足迹，许多船工村民与他结为好友。他日日肩背相机，翻山越岭，呼吸着山川的气息；夜夜身裹被单，睡在船中，耳听着江中浩荡而不绝的涛声。

最使他刻骨铭心的是三峡两岸的纤夫古道。那些被纤绳磨出一条条十几公分凹槽的石头，那些绝壁上狭窄的纤夫的路，乃是长江最深刻的人文。他曾经在大雨中遇到一条纤夫古道，地处百米断崖，劈空而立，下临深渊，恶浪翻滚。这古道只有肩宽，仅容双脚。千百年来，多少纤夫由於?断纤绳，或者腿软足滑，落崖丧命？郑云峰要去亲身体验那些纤夫们的生命感受。尽管心惊肉跳，但他还是冒死地匍匐过去了。

还有哪一位摄影家、画家、作家和诗人这样做过？

在这十数年对长江抢救性的拍摄中，他给我们的不是一般性的视觉记录，而是长江的精神，长江的魂魄，长江的气息，以及它深层的生命形象。

他已经是长江的代言人了。惟有他才称得上长江的代言人！

自2000年11月长江便开始拦江蓄水。就此，传统意义的长江很快消失。无数历史人文和自然风景随即葬身水底，世代居住在两岸的百姓迁徙他乡。

然而，幸运的是上苍赐给我们一位摄影家。他苦其体肤，劳其筋骨，以生命之躯去搏取大江的真容。他倾尽家财而拍摄的数以十万计的照片，为我们留下了一个真切的、立体的、完整的三峡蜒还有三峡之魂！

艺术家不能改变历史，却能升华生活，补偿精神，记录时代，慰藉心灵。这一切，郑云峰全做到了。

我深信，将来的人们一定更能体会到郑云峰的意图。他不是为狭小的个人而摄影，是为博大的天地、历史和民族而艺术。这便是郑云峰真正的价值。因为，尽管长江三峡不复存在，却在这些摄影艺术中获得了永生。

2008．4

作 者 简 介

郑云峰，男，汉族，1941年生於安徽萧县，1963年入伍为炮兵。复员后当过干部与工人。二十世纪七十年代从事摄影。因以镜头关切三江源头的自然生态而著称摄影界，艺术成就斐然。1997年开始对即将截流筑坝的长江进行抢救性拍摄。数年如一日，将长江的自然风光，人文遗存，两岸风习，三峡移民以及蓄水过程，做了全方位拍摄。以十数万帧摄影杰作，为长江留下一部视觉备忘录。郑云峰现任江苏省摄影家协会副主席、徐州市摄影家协会主席。出版摄影著作21部。多次在海外举行摄影大展。大型摄影图集《永远的三峡》获国家图书奖一等奖。其本人获“中国摄影传媒人物大奖”、“中国民间文化守望者奖”等。

展览的前言

“拥抱母亲河”摄影艺术展

展厅

受到感动的学生们在留言

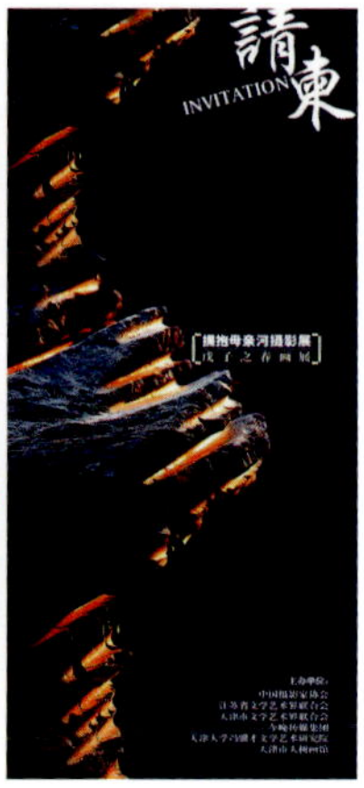

海报与请柬

作品（四幅）

以画过年·天津年画史展

2009 年 **1** 月 **2** 日至 **15** 日春节将临，我院举办“以画过年·天津年画史展”，联合天津市博物馆，以大量历史文献与收藏作品将天津地区杨柳青和东丰台木版年画的历史有序而充分地展现出来。展览对社会开放，受到广泛与热烈的关注。

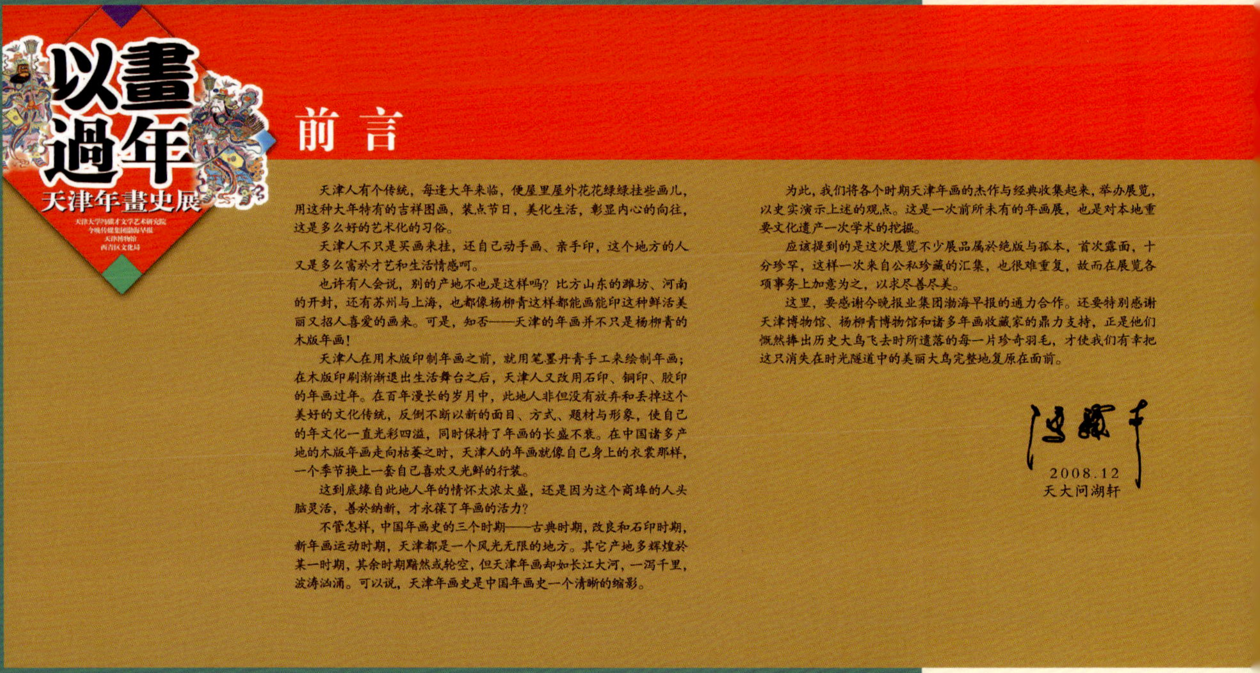

以画过年前言牌展览现场

标志

上：古典时期（明万历 –1903）
连生贵子 贡尖 59×107cm 清代·嘉庆
半印半绘

中：改良与石印时期（1903–1949）
天津鼓楼（八扇） 通景 110.5×26.5cm
民国 石印 万利和画店

下：新年画运动（1949– 廿世纪八十年代）
连年有余 工笔 76.5×53cm 何国华 1962 胶印

2005
2006
2007
2008
2009
2010
2011
2012
2013
2014
2015

以画过年·天津年画史展

参观的场面

签名活动

左：《以画过年》封面

右：明信片

2005 2006 2007 2008 2009 2010 2011 2012 2013 2014 2015

中俄文学交流计划

这一计划通过中俄文化交流史深入的研讨与翔实的展示，来促进两国的人文交往；其包含广泛，内容丰富，形式多样，且具深度。主要为四项：**1.** 俄罗斯文学在中国译本展 **2.** “中国木版年画在俄罗斯” **3.** 《中国木版年画集成·俄罗斯藏品卷》出版 **4.** “心灵的桥梁”中俄文学交流论坛。

开幕式

标志

展厅全景 / 参观

《心灵的桥梁》封面

活动指南

2005
2006
2007
2008
2009
2010
2011
2012
2013
2014
2015

中俄文学交流计划·俄罗斯文学在中国译本展

本展览通过近千种苏俄文学的中译本，反映近一个世纪苏俄文学进入中国的足迹。展览包括“俄罗斯文学中译本版本史”、“俄罗斯经典作家的中译本”和“苏俄文学的翻译家”，内容丰富深厚，版本极其珍贵。

俄罗斯经典作家托尔斯泰

巴金萧珊

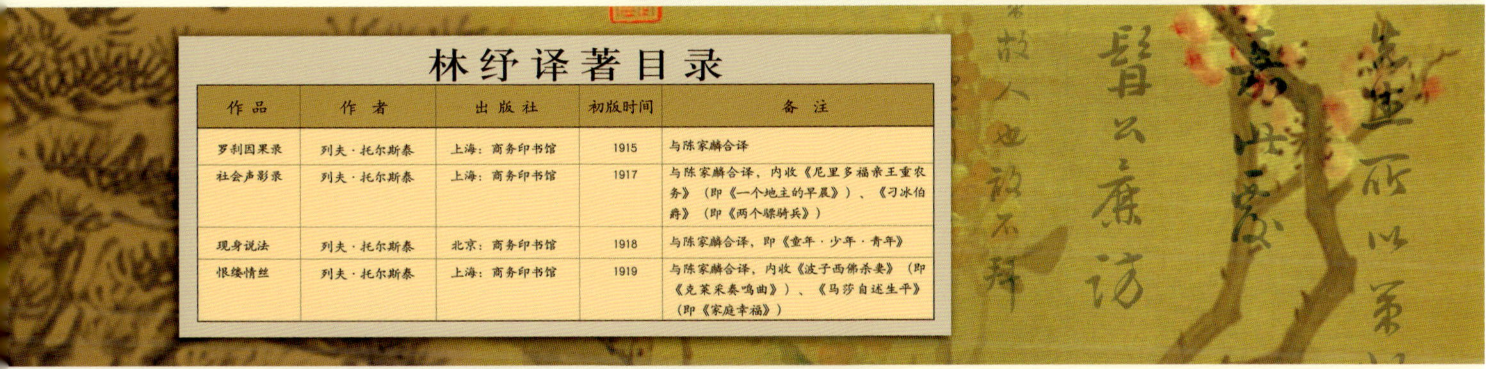

林纾译著目录

作品	作者	出版社	初版时间	备注
罗刹因果录	列夫·托尔斯泰	上海：商务印书馆	1915	与陈家麟合译
社会声影录	列夫·托尔斯泰	上海：商务印书馆	1917	与陈家麟合译，内收《尼里多福亲王重农务》（即《一个地主的早晨》）、《刁冰伯爵》（即《两个骠骑兵》）
现身说法	列夫·托尔斯泰	北京：商务印书馆	1918	与陈家麟合译，即《童年·少年·青年》
恨缕情丝	列夫·托尔斯泰	上海：商务印书馆	1919	与陈家麟合译，内收《波子西佛杀妻》（即《克莱采奏鸣曲》）、《马莎自述生平》（即《家庭幸福》）

林纾

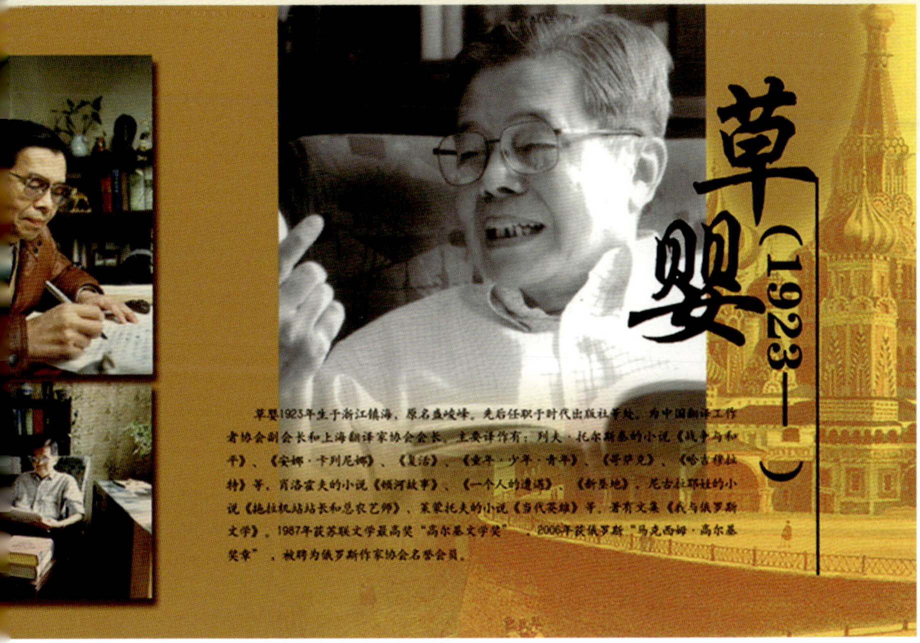

草婴

中俄文学交流计划·俄罗斯文学在中国译本展

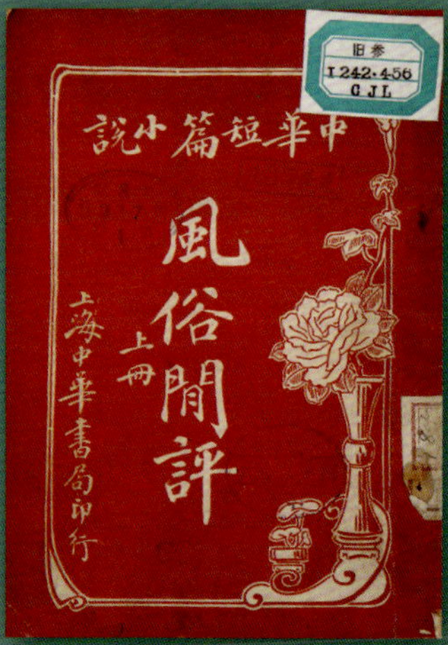

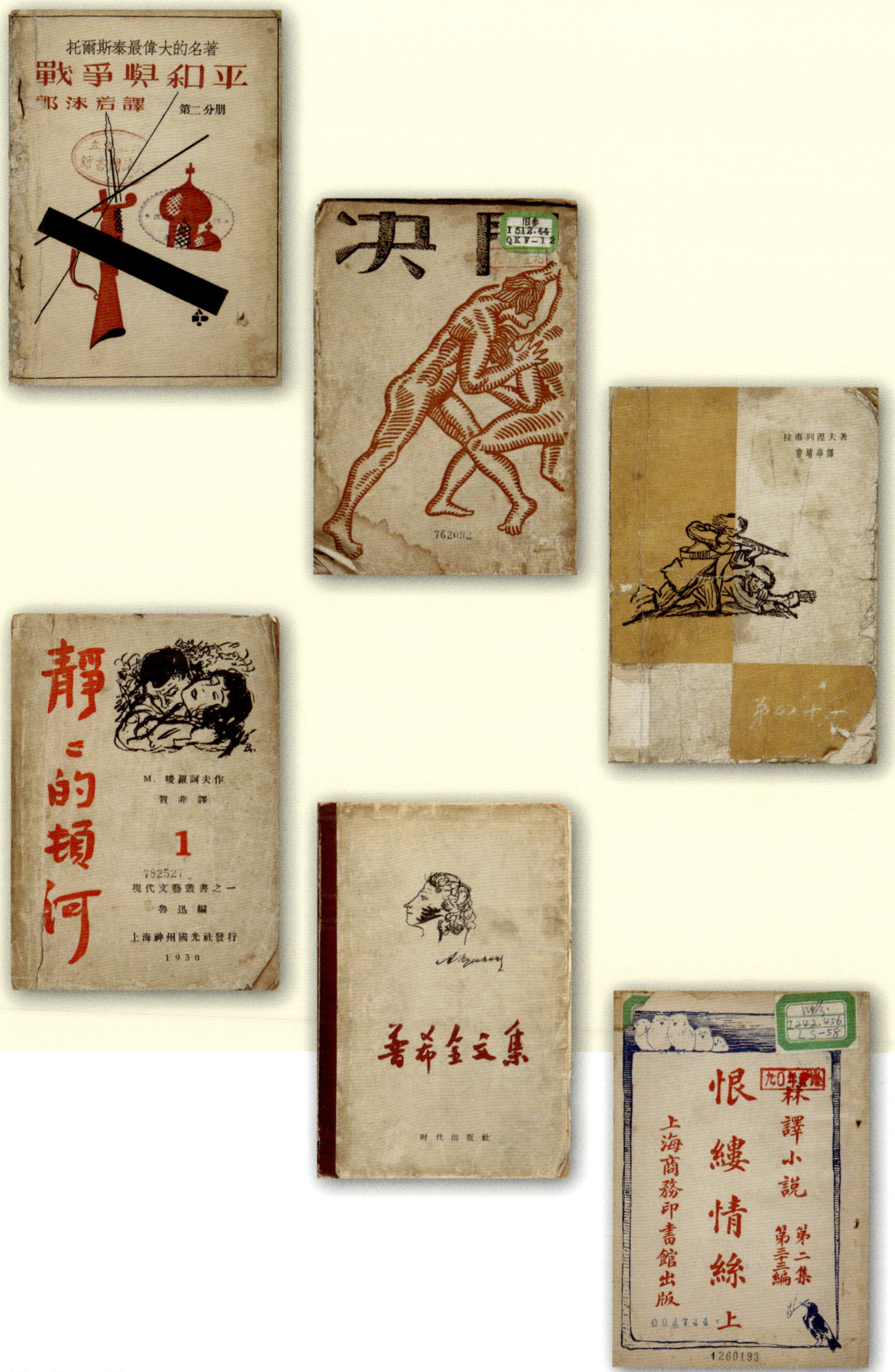

托爾斯泰最偉大的名著
戰爭與和平
郭沫若譯
第二分冊
拉甫列涅夫著
曹靖華譯
靜靜的頓河
M. 唆羅訶夫作
賀非譯
1
現代文藝叢書之一
魯迅編
上海神州國光社發行
1930
普希金文集
时代出版社
林譯小說
第二集
第三編
恨縷情絲
上
上海商務印書館出版

译本书衣 10 种

中俄文学交流计划·中国木版年画在俄罗斯

俄罗斯是世界上最早认识到中国年画价值并进行收藏和研究的国家之一。此展览通过大量珍贵的历史照片、文献和实物，展示俄罗斯收藏与研究中国年画的历史。此展览无论对于中国还是俄罗斯皆属首次。

展览标识 / 展览图介

展览现场

《中国木版年画集成·俄罗斯藏品卷》封面

阿理克介绍

第二届北洋文化节·把国家非物质文化遗产请进校园

这年 **10** 月 **2** 日是天津大学（北洋大学）诞辰 **115** 周年，我院举办了第二届北洋文化节。艺术节以“把国家非遗请进大学”为主题。

來，親近一下我們文化的根！

如果你一直在城市生活，也許會偶爾看到這些美麗又熾烈的民間藝術品，可是你見過民間藝人嗎？如果你曾經生活在鄉間，但現在來到城市的校園裏，你還了解和關切他們今天的藝術與生活嗎？再說，你衹了解你老家的幾種藝術的傳人，此外還知道多少？

中國歷史久遠，民族衆多，文化多樣，人們創造了極其燦爛的民間藝術，這些藝術是山川大地之間人文的奇花异卉，無不優美生動，想象神奇，手法浪漫，技藝高超。哪怕你是走南闖北那種人，沒見過的也一定比見過的多。這些民間藝術充分顯示了我國地域文化的繽紛多樣，人民的心靈手巧，審美情感的强烈與獨特。而這一切，又分外突出地表現在各地各類各種藝術的傳承人的身上。

傳承人是大地上民間文化天才的火炬手，靠着他們代代相傳。那些成百上千年絶妙的藝術與技藝，才一貫到底，一直傳到我們的面前。

他們是中華文化綿長的根脉上的當代碩果。

今天，我們邀請二十一位民藝大師，雖然在中華大地千千萬萬傳承人中，還嫌太少，但他們來自神州各地，叫我們領略到山南海北彼此不同却一樣迷人的鄉土之情，并使我們對民間文化生發出無盡的遐想。

此刻，你欽佩和贊美他們的同時，想沒想到在現代經濟的大潮中，這樣絢麗的藝術離我們愈來愈遠，這樣身懷絶技的藝人愈來愈少？你是否會去關切他們、親切他們、進一步了解他們，關愛和支持他們，幫助我們民族獨特而珍貴的文化傳承下去？

當然，這正是此次文化節邀請他們到校園來，與我們面對面的目的。

2010.9.26

招贴画

门前广场上的皇会表演

2005
2006
2007
2008
2009
2010
2011
2012
2013
2014
2015

第二届北洋文化节·把国家非物质文化遗产请进校园

北洋文化节标志

展厅

上左：开幕式请来了绛州锣鼓

上右：年画艺人在刻版

下左：刺绣艺人在演示

下右：风筝艺人表演

第二届北洋文化节·把国家非物质文化遗产请进校园

各种媒体报道

还将向社会开放 让参观者现场观看工艺流程精美技艺
文娱新闻／综艺
…石灯彩、"风筝魏"、金彩艺偶传人与天大师生交流
…遗大师透秘诀讲轶事
大冯讲解"非遗"
赵芊羽首…
有望掀复…
…谈变成"手工课" 引发学生高昂…
学子亲手触摸"非…
现场侧记
民间艺术的背后是多彩民俗
本报记者 杨扬
亲近民艺…
亲近文化的…
本报记者 高丽
在观众翘首期盼中，红盖头被掀开：原来是一只无比庞大、五彩…
才介绍说，这是山西吕梁的一位老奶奶，特意为本次活动缝制的——
希望民间文化"虎虎有生气"
黄土歌舞味道浓

2005
2006
2007
2008
2009
2010
2011
2012
2013
2014
2015

“硕果如花”2001–2011 中国木版年画普查成果展

是年 **11** 月我院与中国民协合作举办了大型文化展《硕果如花》。全面而充分地展示了自 **2001** 年至 **2011** 年“中国木版年画抢救与普查”的成果。展览分三部分，即“十年抢救历程”、“抢救中的重要事件”和“传承人及口述史调查与记录”，分别陈设在 **A**、**B**、**C** 三个厅。这个展览在当代文化史上具有重要意义。

标志

展厅全景

硕果如花
中国木版年画普查成果展 2001—2011
中国木版年画普查成果展
2001—2011
The Exhibition of the Ten-Year Research Achievements on Chinese Woodblock New Year Prints
中国木版年画国际论坛暨
中国木版年画普查成果展
开幕式

开幕仪式

“硕果如花”2001–2011 中国木版年画普查成果展

《中国木版年画集成》22卷

展厅一角

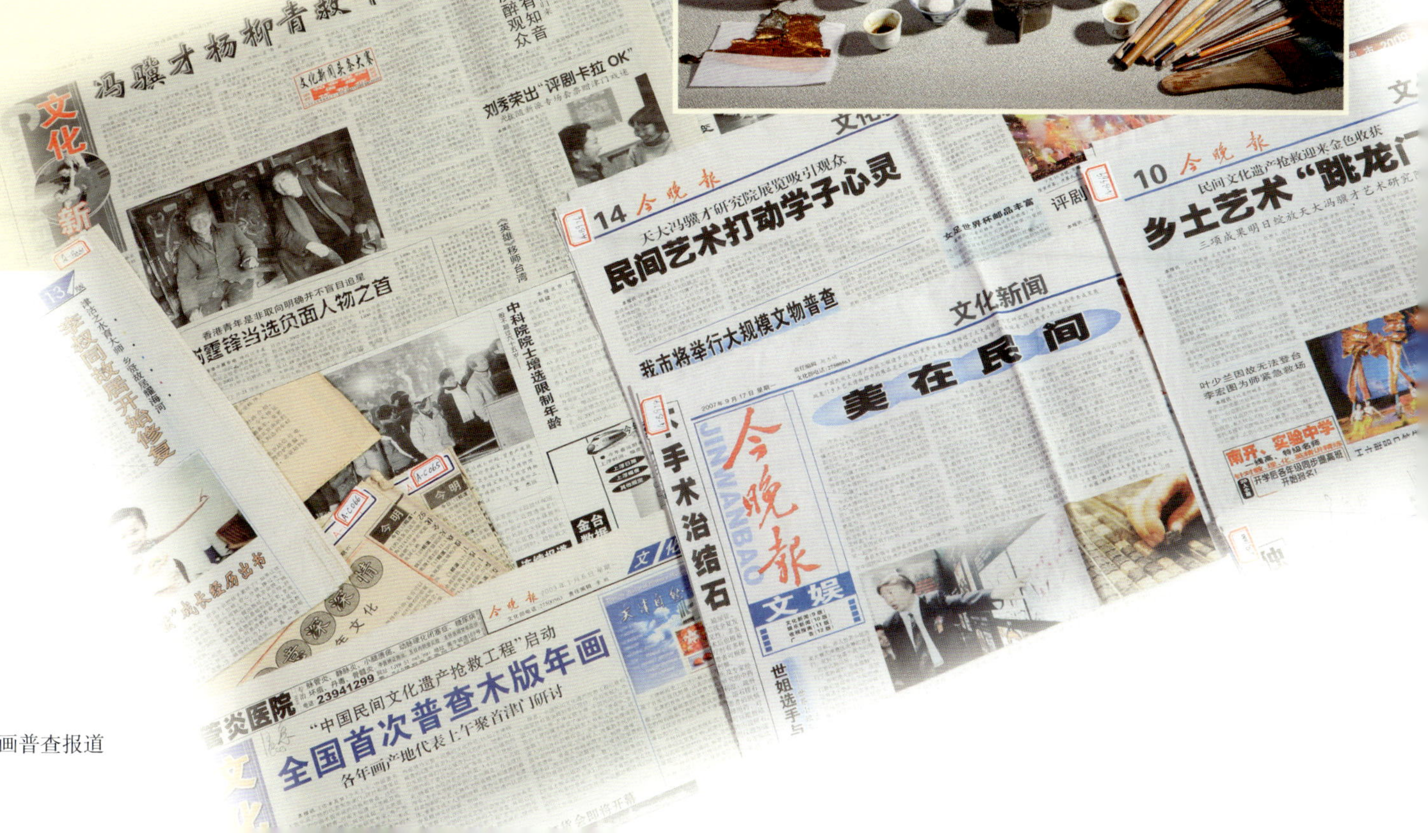
冯骥才杨柳青救年画
卫梆子燕赵有知音
京津冀展演醉观众
刘秀荣出“评剧卡拉OK”
中科院院士增选限制年龄
14 今晚报
天大冯骥才研究院展览吸引观众
民间艺术打动学子心灵
我市将举行大规模文物普查
文化新闻
美在民间
10 今晚报
民间文化遗产抢救迎来金色收获
叶少兰因故无法登台
李宏图为师紧急救场
今晚报
JINWANBAO
文娱
手术治结石
“中国民间文化遗产抢救工程”启动
全国首次普查木版年画

年画普查报道

“硕果如花”2001–2011 中国木版年画普查成果展

十年年画普查中，贯穿着一系列抢救性的“文化事件”，显示了一代文化界知识分子强烈的责任感和担当精神，对社会的文化自觉产生“唤醒”的作用。

B 厅展牌

展厅

武强年画抢救

“硕果如花”2001–2011中国木版年画普查成果展

临终抢救的团队

宫庄子的老版

标志

出版物《临终抢救》、《义成永调查报告》

"硕果如花"2001–2011中国木版年画普查成果展

传承人是非遗的主体，在普查和抢救中，始终是我们关切和着力的重点。

我院师生团队为所有产地代表性传承人做的口述调查，引起学界的关注。

展览自**11**月**7**日至**13**日共七天。

展厅

我院口述史调查展墙

凤翔年画传承人邰立平

桃花坞年画传承人房志达

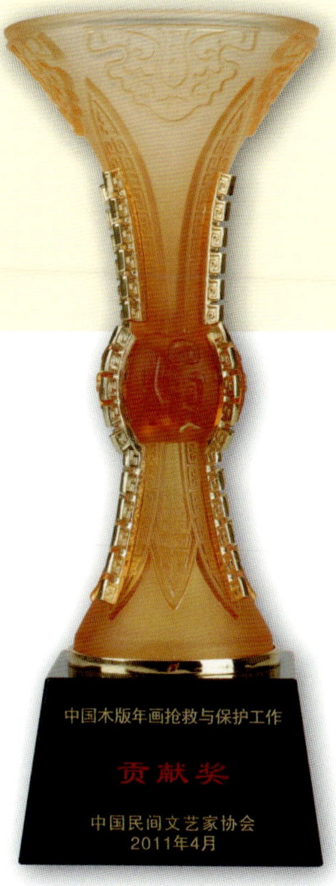

口述史调查成果
（山花奖和奖杯）

中国木版年画研究基地：

贵单位的作品《中国木版年画传承人口述史丛书》荣获“第十届中国民间文艺山花奖·民间文艺学术著作奖”。

特颁此证。

中国文学艺术界联合会　　中国民间文艺家协会

二〇一一年十二月

四驾马车·冯骥才艺术人生

2012 年我院院长冯骥才先生七十诞辰，由中华人民共和国文化部、国务院参事室、全国政协文史和学习委员会、中国民主促进会中央委员会、中国文学艺术界联合会、中国作家协会、天津大学、中国美术家协会、中国民间文艺家协会、北京画院联合举办的“四驾马车·冯骥才的艺术人生”大型展览在北京画院举行，历时十天。展览以大量成果性实物，展示冯骥才在文学、绘画、文化遗产抢救和教育四方面取得的成就和做出的贡献。展览取得强烈社会反响。

开幕式全景

开幕式场面／嘉宾

王蒙、韩美林、李校长讲话

2005
2006
2007
2008
2009
2010
2011
2012
2013
2014
2015

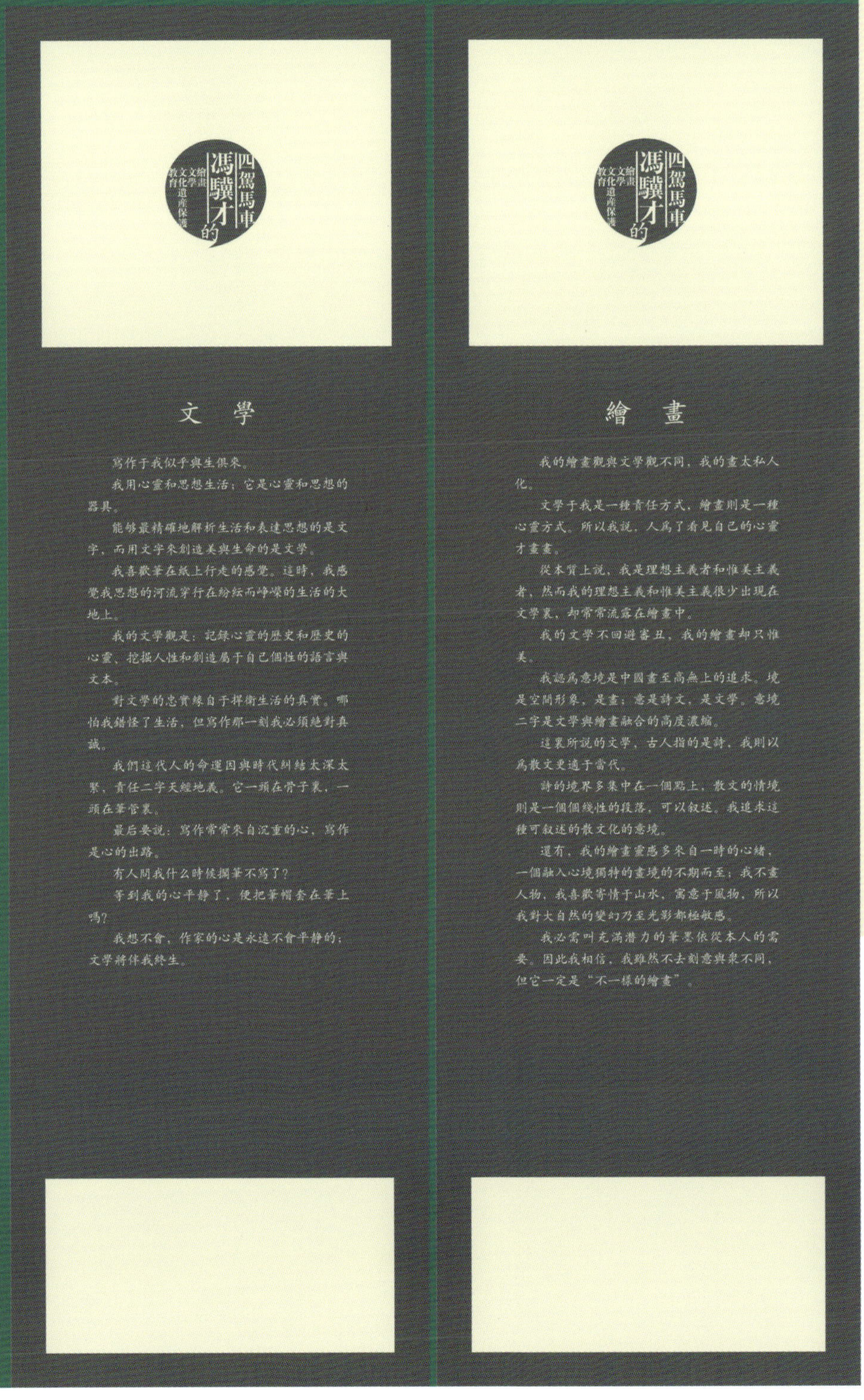

关于四方面观点的展牌

文化遺產保護

這一巨型的工作是闖進我的世界中來的。它于我，始自上世紀九十年代初；然而直至今日，我仍嫌自己覺悟得太晚。

人類進入工業革命與現代社會，就有了公共遺產觀，即把前一歷史階段的文明創造視爲不能丟棄、必需傳承的文化財富。保護遺產的觀念最初來自知識界的文化先覺，比如法國的雨果、梅里美、馬爾羅和一百多年前救火般搶救敦煌文書的一代中國學人。

我們必需：一邊投身于山川大地，在瀕危的文化中進行普查與搶救；一邊在各種場合不停歇地呼吁、宣講、傳布，以喚起社會對文化遺產的關切與保護的自覺。

這一工作的漫無邊際常常使我感到力不從心，但我沒有過一瞬想到放弃。擔當，是無比壯美的人生感受。

從來沒想到這工作使我更加了解與深愛我們中華民族的文化。十多年來，文化給予我的遠遠超過我爲它做的。

它是養育我們的精神的母親。如今她遇到麻煩而且是大麻煩，有什么理由不撇開個人的事，牢牢守候在她的身邊？

人類文明的傳承像火炬傳遞。我們從先人手裏接過火炬，决不能叫它滅掉，反而要它熊熊燃燒，然后完好地交給后人。

教　育

我人生接過的最后一件大事是教育。

朋友說，文化人最好的歸宿是晚年把自己安頓在大學裏，整理思想，做研究做學問；而我到大學却出于一種很强烈的現實責任。特別是這座學院以我的名字命名，就更加重我的壓力。

我說責任，是因爲我身邊太缺乏年輕的有識和有爲之士，我要在學院建立起一支真正的人文的工作團隊；我不喜歡在象牙塔裏坐而論道，不喜歡制造高不可攀。我追求有生命的思想，即在思想裏聽得到現實的脉搏。

同時，我認爲當今大學缺乏靈魂，這靈魂就是人文精神。我想在大學校園的腹地建設一塊純净的人文綠地。爲此，我院的院訓是“摯愛真善美，關切天地人。”

我對研究生最高要求不是論文，而是視野、思想能力、操作力、對社會和文化的責任。

我重視大學的文化保存，追求學院的博物館化。經典和純粹的文化精神應當首先由大學體現出來。

學院的背后應是獨立思考與活躍自由之思想；學院的面孔應是一種由深厚的文化積澱養育出來的文化氣質和明徹鎮定的目光。

四驾马车·冯骥才艺术人生

四驾马车媒体信息一组

冯骥才："四驾马车"
皆是我最爱
ENTERTAINMENT 文娱·聚焦 A43
今晚报
文化新闻
"四驾马车——冯骥才的绘画、文学、文化遗产保护与教育"展览开幕仪式
冯成就，不止四驾马车
国家博物馆收藏冯骥才画
《解冻》《黄山三奇》意境
特别关注
中国艺术报·2012年9月24日
本期关注
冯骥才，给时光以生命
时光倒流七十年
冯骥才的"四驾马车"
祝 如
子冯骥才
驾马车
展在京开幕
要
别送上一幅书法作品
第二驾马车 爱与恨是写作动力
第三驾马车 抢救大同圣地是责任
第四驾马车 中国大学缺人文精神
大冯也浪漫

四驾马车·冯骥才艺术人生

标志

答谢

文学作品

文化遗产抢救成果

绘画作品

2005

四驾马车·冯骥才艺术人生

2006

2007

2008

2009

2010

2011

2012

2013

2014

2015

此次展览所用的材料

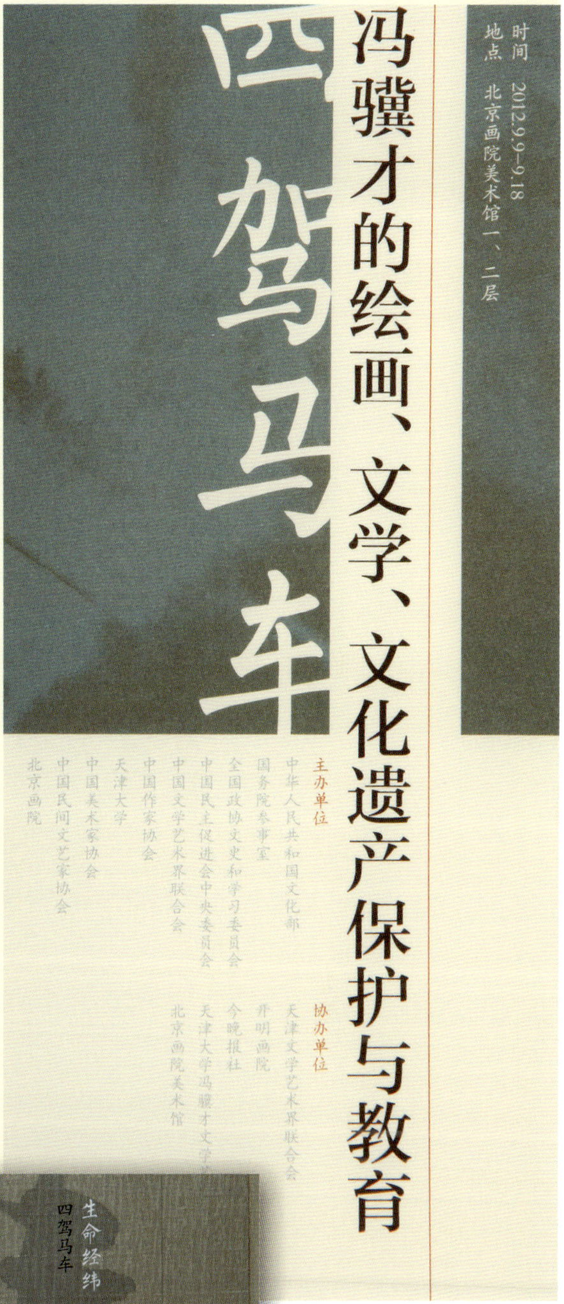

为此次展览出版的大型图文集《生命经纬》上下集封面

中国传统村落保护与发展研究中心成立

2013 年 **6** 月 **4** 日中国传统村落保护与发展研究中心成立。中国民协及天津大学、清华大学、同济大学、香港大学等 **50** 多位专家学者出席揭牌仪式。中心成立了由人类学、建筑学、民俗学、遗产学等领域专家组成的专家委员会；同时召开中国传统村落保护与发展研讨会。

中国传统村落
保护与发展研究中心
China's Traditional Village Protection and Development Research Center

标志

会场

研讨会

揭牌／罗杨

《中国传统村落名录图典（样册）》

2005
2006
2007
2008
2009
2010
2011
2012
2013
2014
2015

天津皇会文化展

在“当代社会中的传统生活”国际研讨会上，着意将学术研讨与我院重点文化保护对象国家非遗天津皇会紧紧联系在一起，以使研讨更接“地气”。开幕式上举行两项重要活动，一是我院向天津皇会赠送新出版的五道老会文化档案，一是韩美林艺术基金会向天津皇会捐赠经费的仪式。

同时，我院还举办“皇会文化展”，以大量珍贵的历史遗存展现其历史的深厚与文化的辉煌。

本次展览的展品来自我院收藏、各老会的遗存和天津天后宫民俗博物馆的馆藏。

开幕式

楼内表演

旗幡

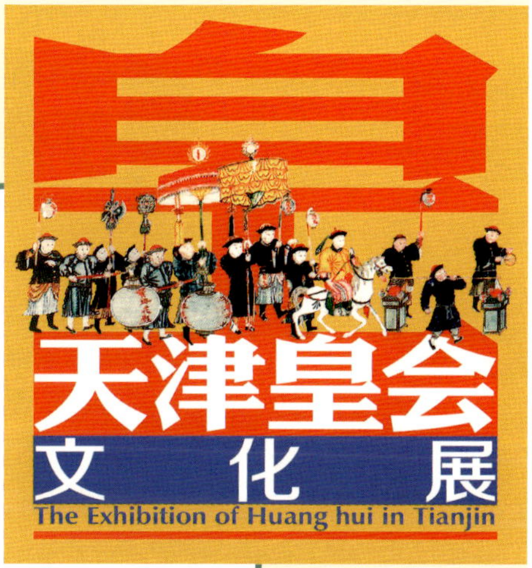

标志

赠送《皇会文化档案》

韩美林基金会捐款

天津皇会文化展

展览分三部分。一、皇会历史文化；二、老会执事设摆；三、一道即将消失的老会。西码头百忍京秧歌老会执事和挂甲寺庆音法鼓銮驾老会执事都是极珍贵的民俗文物。

执事设摆局部

一道即将消失的老会

参观执事设摆

执事

天津皇会文化展

宝辇

妈祖像

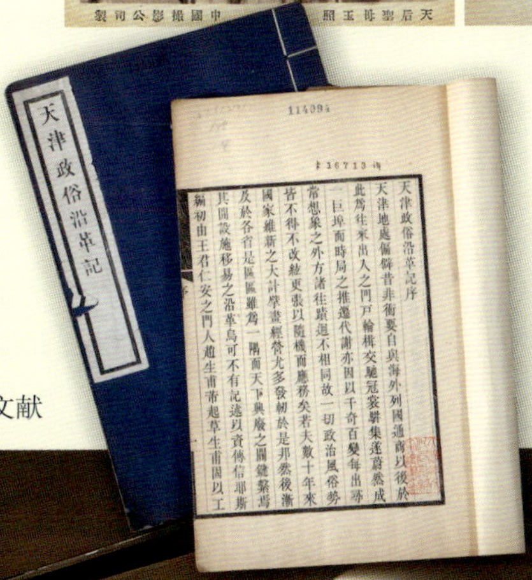

重要文献

展厅

2005

2006

2007

2008

重要学术活动

（2005-2015）

2009

2010

2011

2012

2013

2014

2015

十年来，我院举行一系列学术会议与论坛，主题涉及文学、艺术、教育、文化遗产保护等多方面，有国内的，也有国际的。这里所选择的都是具有重要学术价值、收获颇丰、深具影响的会议与论坛。

2005 2006 2007 2008 2009 2010 2011 2012 2013 2014 2015

首届北洋文化节系列讲座

首届北洋文化节上举办系列的讲座，包括文学、绘画、音乐、曲协、电影、摄影、文艺评论等各方面，主讲者都是活跃在中国当代文艺界的名家大师。

19日

中国曲协副主席、著名相声表演艺术家姜昆讲座

著名摄影家赵嘉讲座，题目：《拿着数码相机怎样拍出好照片？》

中国音协副主席、著名作曲家王立平讲座，题目：《流行歌曲的创作、现状及发展》

著名电影导演冯小宁新作放映及见面会，影片：《信天游》

20日

中国作家协会名誉副主席、著名作家邓友梅讲座

著名作家莫言，余华讲座

著名作家、评论家吴泰昌讲座，题目：《当代散文与写作》

著名作家签名活动，到场人员：邓友梅、冯骥才、张平、吴泰昌等

中国作家协会副主席、著名作家张平讲座

中国电影家协会副主席、著名导演李前宽讲座，题目：《美国大片和中国当代电影》

上海文艺出版总社向天津大学冯骥才文学艺术研究院捐赠图书

21日

中国小说协会“新世纪小说论坛”，演讲人：雷达、陈俊涛、吴义勤、汤吉夫、夏康达讲座

著名画家范曾讲座，题目：《回归自然和回归古典》

现场

北洋文化節
Peiyang Culture Festival
天津大學·2005

标志

演讲

中国民间美术分类研讨会

学科分类是学科建立与研究之首要。我国民间美术品类纷繁，其分类一直是民艺学界的难题。在当今民间文化遗产普查与整理中，分类的难题更是首当其冲。这次对民间美术分类的研讨，在民艺学领域当属首次。

会场

专家考察天津民间美术

发言

论文集《鉴别草根》封面

合影

“丝绸之路上的敦煌”报告会

主讲人敦煌研究院院长樊锦诗和摄影家吴健都是自青年时代就扎根戈壁滩的敦煌人。

会场与听众

会场

樊锦诗、吴健演讲

吴健摄影作品

“人文精神与大学教育”国际学术研讨会

我们当代大学的教育缺少什么？是知识还是灵魂？这灵魂是什么内涵？正是此次会议要回答的问题，也是会议的初衷与主题。

开幕式

会场

发言

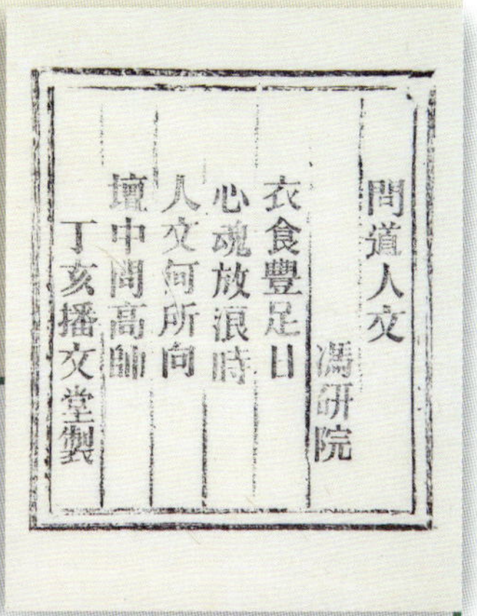

問道人文
馮研院
衣食豐足日
心魂放浪時
人文何所向
壇中問高師
丁亥播文堂製

左：论文集《教育的灵魂》封面

右：我院木版活字厅（播文堂）用明代木活字印刷的小诗

合影

“田野的经验”中日韩国际学术研讨会

我们的文化遗产抢救与普查是一种“举国”的文化行为，有自己的特点，也积累和形成了自己的田野方法。为此，邀请了日韩两国长期从事田野调查的学者进行交流，相互促进；也为了更优化我们的田野方法，推进文化遗产的抢救。

理论要支持田野（冯骥才语）

标志 / 论文集《田野的经验》封面

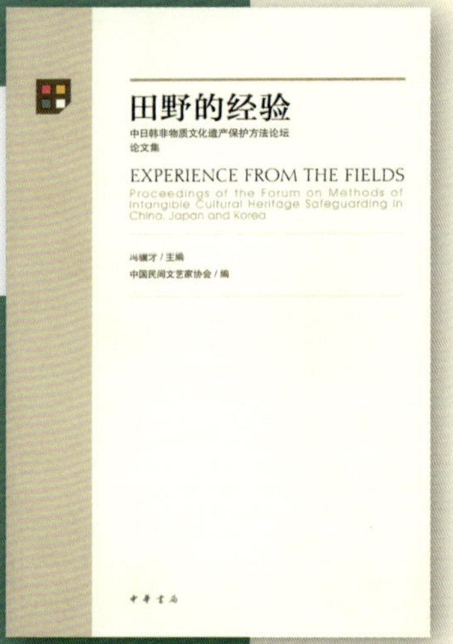

会场

学者发言

会上向云驹先生受聘天津大学客座教授

考察

合影

2005
2006
2007
2008
2009
2010
2011
2012
2013
2014
2015

中俄文学交流研讨会

中国的俄学家和俄国的汉学家都是一支不小的队伍，彼此间有着太多共同关心的话题。研讨会为他们提供一个宽广的对话与交谈的平台。与会者多为中俄学者的大家。

标志

会场

与会学者和会场

合影

中国木版年画国际论坛

在“硕果如花”大型展览的同时，还举行了中国木版年画国际论坛。来自英国、加拿大、俄罗斯、捷克和日本的中国年画学者，共论一个宽广和深邃又充满魅力的话题——“年画的价值”。

这次会议为我院“中国木版年画研究中心”的国际性学术联系起到促进作用。

会场

学者们在发言

设计

出版物《年画的价值》封面

2005
2006
2007
2008
2009
2010
2011
2012
2013
2014
2015

李福清中国文化研究国际学术研讨会

一个俄罗斯学者把中国文化看得和自己的文化一样重要，倾尽一生来研究、挖掘和弘扬。在这位可敬的学者辞世之时，对他的学术成就进行深入研讨，不仅为了一种总结，一种纪念，更为了唤起一种传承。

纪念仪式

会场

发言

出版物《李福清中国民间年画论集》、《永存的记忆》

“当代社会中的传统生活”国际学术研讨会

我们每一个人、一个国家、一个民族，都是从昨天走到今天，都带着历史和传统，并有意或无意地从中选择生活。但我们多半是不自觉的，现在我们要思考，什么是历史，什么是传统，它有什么价值，在我们的生活中应该是什么位置？

传统不仅代表过去，更应代表未来。

40余位国内外学者共席了这一论坛。时间在**10**月**13**日至**14**日。

当代社会中的传统生活
国际学术研讨会
The International Academic Forum on the Traditional Ways of Life in Chinese Modern Society

标志

合影

会场

《当代社会中的传统生活国际学术研讨会论文集》

2005 2006 2007 2008 2009 2010 2011 2012 2013 2014 2015

《中国唐卡文化档案》项目论证会暨全国各卷主编联席会

“从今天起，我们进行的中国唐卡的大普查，将是对唐卡这一灿烂而伟大的文化遗产一次全面的抢救、梳理、记录和总结。它是历史上的首次。我们一定要为唐卡建立档案。”

——冯骥才

会场

发言

《中国唐卡文化档案田野普查工作手册》封面

合影

中国传统村落立档调查

自 **2014** 年 **4** 月至 **6** 月，中国传统村落保护与发展研究中心举行了一系列专家会议，对全国传统村落立档调查进行项目论证，并制定了一整套科学的调查标准，印制了《中国传统村落立档调查田野手册》。**2014** 年 **6** 月 **10** 日由住建部委托，中国民协、中国摄协、中国文学艺术基金会共同组织的“留住乡愁——中国传统村落立档调查”项目在京启动。同时，中心网站“中国传统村落网”正式上线。

《中国传统村落立档调查田野手册》封面

网站页面

论证会

启动仪式

网站开通

签名牌

工作会议

传承人口述史研讨会

在中国传承人口述史研究所成立当日，举行这次研讨会，再次深入探讨传承人口述史独具的特性。以及在活态的民间文化遗产记录与保护中不可替代的意义与价值。建立传承人口述史的理论体系将是研究所的学术目标之一。

会场

发言人物各种姿态

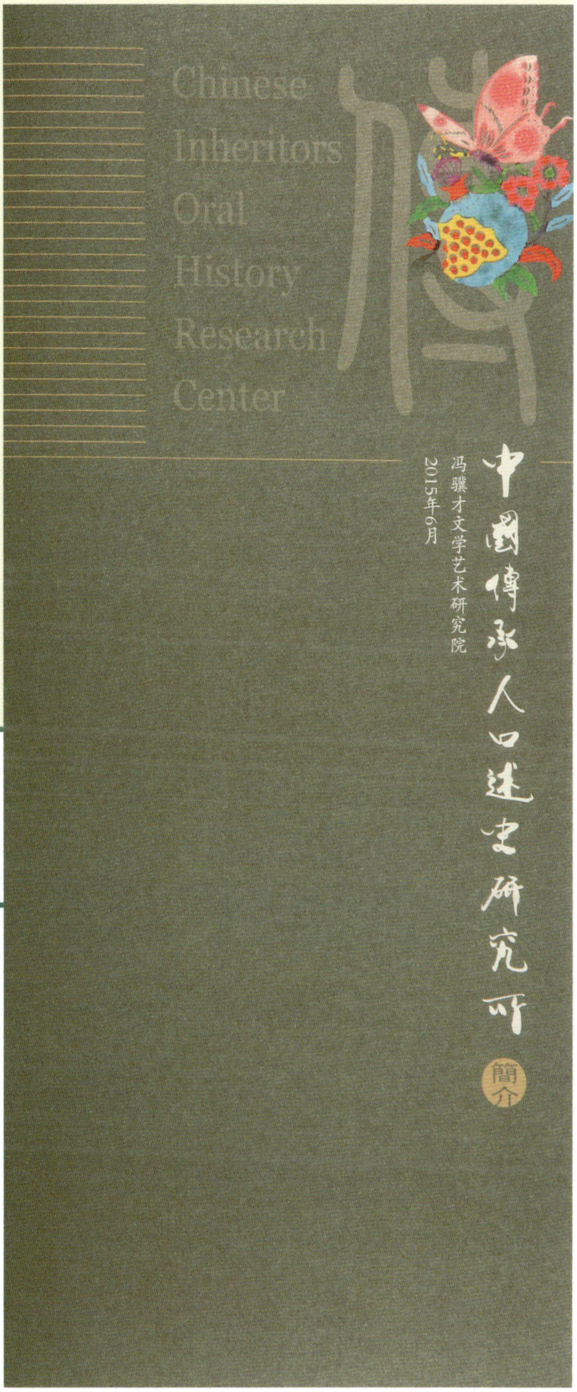

标志

宣传页

十年学子

我院为研究生院。为国家和社会培养人才，为学院建立强有力的学术团队是我院教育的目标。

1

2

3

4

5

6

7

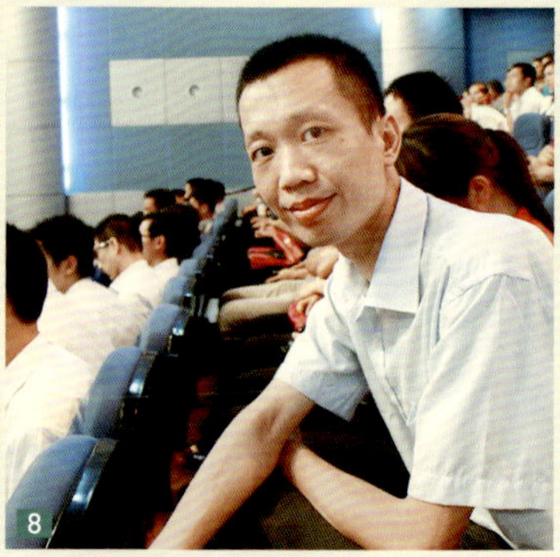
8

9

10

11

12

13

14

15

历届学生名单

1. 张泽群 2005 届 硕士
2. 林　俐 2007 届 硕士
3. 苏莉鹏 2008 届 硕士
4. 李　晶 2008 届 硕士
5. 王　坤 2008 届 硕士
   2013 届 博士
6. 刘晓琰 2008 届 硕士
7. 管淑珍 2009 届 硕士
8. 彭禹力 2009 届 硕士
9. 蒲　娇 2009 届 硕士
   2013 届 博士
10. 陆贝琳 2010 届 硕士
11. 孙玉芳 2010 届 硕士
    2015 级 博士
12. 张智启 2010 届 硕士
13. 宋媛媛 2011 届 硕士
14. 冯　莉 2012 届 博士
15. 王小明 2013 届 博士
16. 张礼敏 2014 届 博士
17. 耿　涵 2014 届 博士
18. 路　浩 2015 届 硕士
19. 祝昇慧 2012 级 博士
20. 王　拓 2015 届 博士
21. 张　彰 2013 级 硕士
22. 唐　娜 2013 级 博士
23. 赵凤砚 2013 级 博士
24. 孔　军 2014 级 博士
25. 温昊阳 2015 级 博士
26. 马知遥 2010–2013 年 博士后

16

17

18

19

20

21

22

23

24

25

26

现今在校研究生

答辩会一组

毕业照

2015

3 今天

我们的想法实现了，我们的目标还没有达到。

校园文化

校园文化是学院一种人文追求的结果。

○ 有一种境界要在学院实现：大自然与人文的融合，古典与现代的融合，形而上与形而下的融合。

○ 大学要面对现实，但要背对世俗。

○ 学术的深处是纯净的，思想的深处是宁静的。

○ 人文绿地就是有益于心灵健康和丰富的地方。

○ 真正的理想主义者都是要在现实中实现自己的理想。

院训

学院入秋还是秋入学院？

校园文化

院中四景

纤夫石。长江中逆水行舟，必需靠纤夫以绳拉船。竹编的纤绳摩擦岸边坚石，经年累月，渐成深沟。纤夫们非凡的艰辛与顽强由此可以想见，故人称纤夫石。

此石在三峡蓄水前（2003年5月），取自巴东巫峡香炉滩。如今，香炉滩皆已沉入170米水下的江底。这块纤夫石，弥足珍贵。

置石于此，寓意治学应须经久的磨砺。

飞来树。一棵榆树种因风落入冯骥才先生窗外的花盆里，破土发芽，在冯先生精心呵护下，渐成小树，后移入校园，渐成大木，此亦一种寓意。

涵古门。清代中期，晋南黄河边民居的门楼，造型挺劲，结构大气，斗拱繁复而精美，至今古韵犹存，因称“涵古”。将这座古门楼放在这里，表示现代生活中应给历史一个尊贵的空间。

澄心池。澄心静气，保养太和。

校园文化

这块心形的石头，是一段巨树树干的化石。

左：水榭厅。这间用来候客的玻璃厅，借用了古代园林建筑中水榭的情境。

右：藏瓷红。产自西藏东部峡谷中，石皮如含釉质，光润浓艳，以红色最美；藏人尚红，故称藏瓷红。

校园文化

左为英文荷马史诗，右为中文唐诗，寓意打开和进入中西文化。

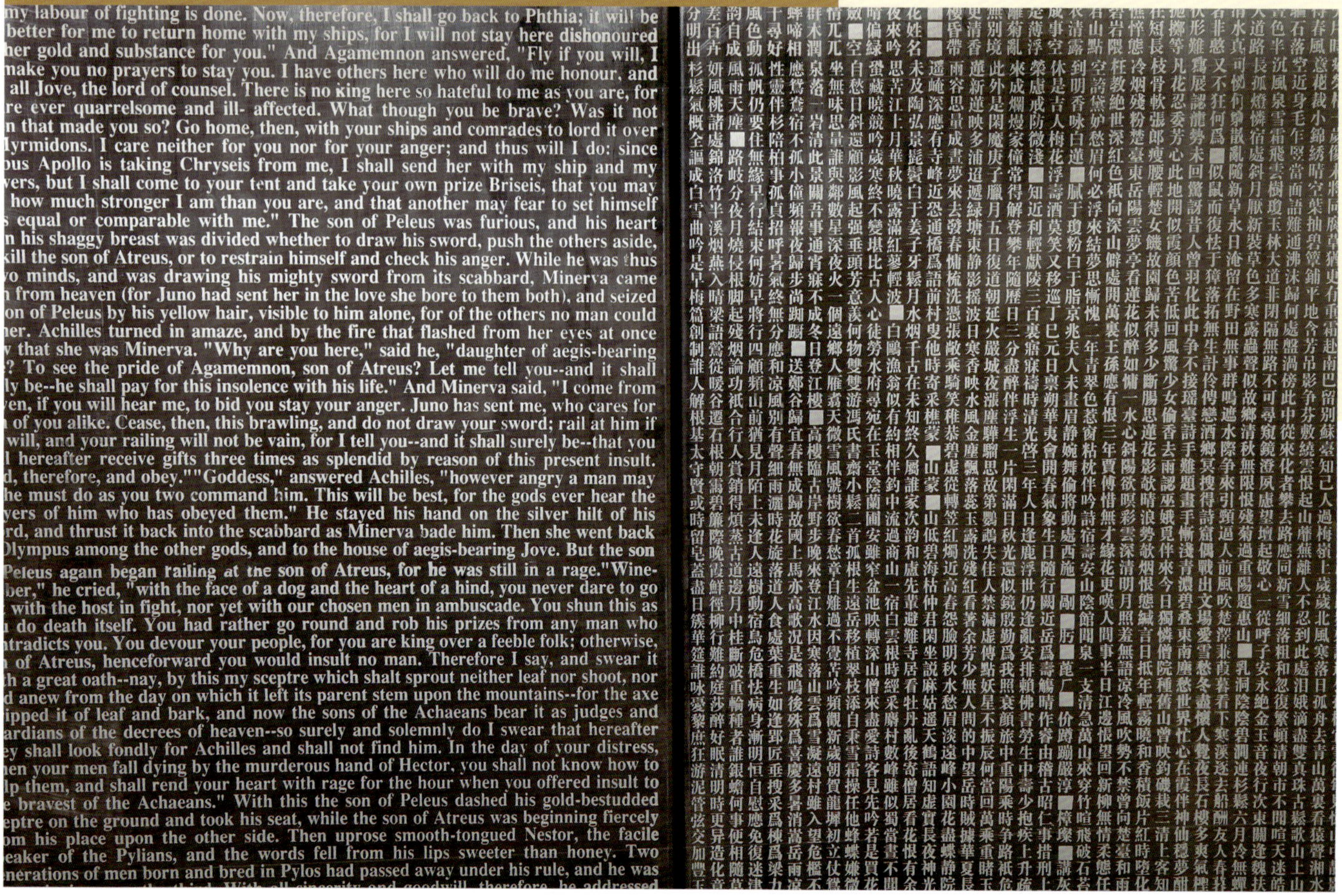

诗之门 电梯门
陈幼林 2005

校园文化

我院将整座学院做为一座博物馆，在各个房间各个角落都布满文化与艺术的珍品。每个在学院中工作的人时时处处与其相遇与相见，有意或无意受到感染和触动。

艺术教育是一种潜移默化的影响。

与四大天神合影

二十世纪中期印刷机

宋代的翁仲

清代嘉庆九年晋中大彩金绘寿屏

校园文化

在任何地方，都让美成为胜利者。

——冯骥才

名人墙

北齐安道一摩崖
题刻拓片

唐代石雕菩萨身像

学术机构

十年间建立起的学术机构，已经鲜明地体现了我院的学术方向与特征。一些学术机构在国内是独有的。这些机构还是研究生实验基地。

学院各部门结构示意图

冯骥才工作室
（院长工作室）
档案室
院办
网站
教研部
文学研究室
中国木版年画
研究中心
中国传统村落
保护与发展
研究中心
中国传承人口述史
研究所
视觉工作室
大树画馆
跳龙门乡土艺术
博物馆
大树书屋
年画资料室
冯骥才民间文化
基金会
北洋书院
北洋美术馆

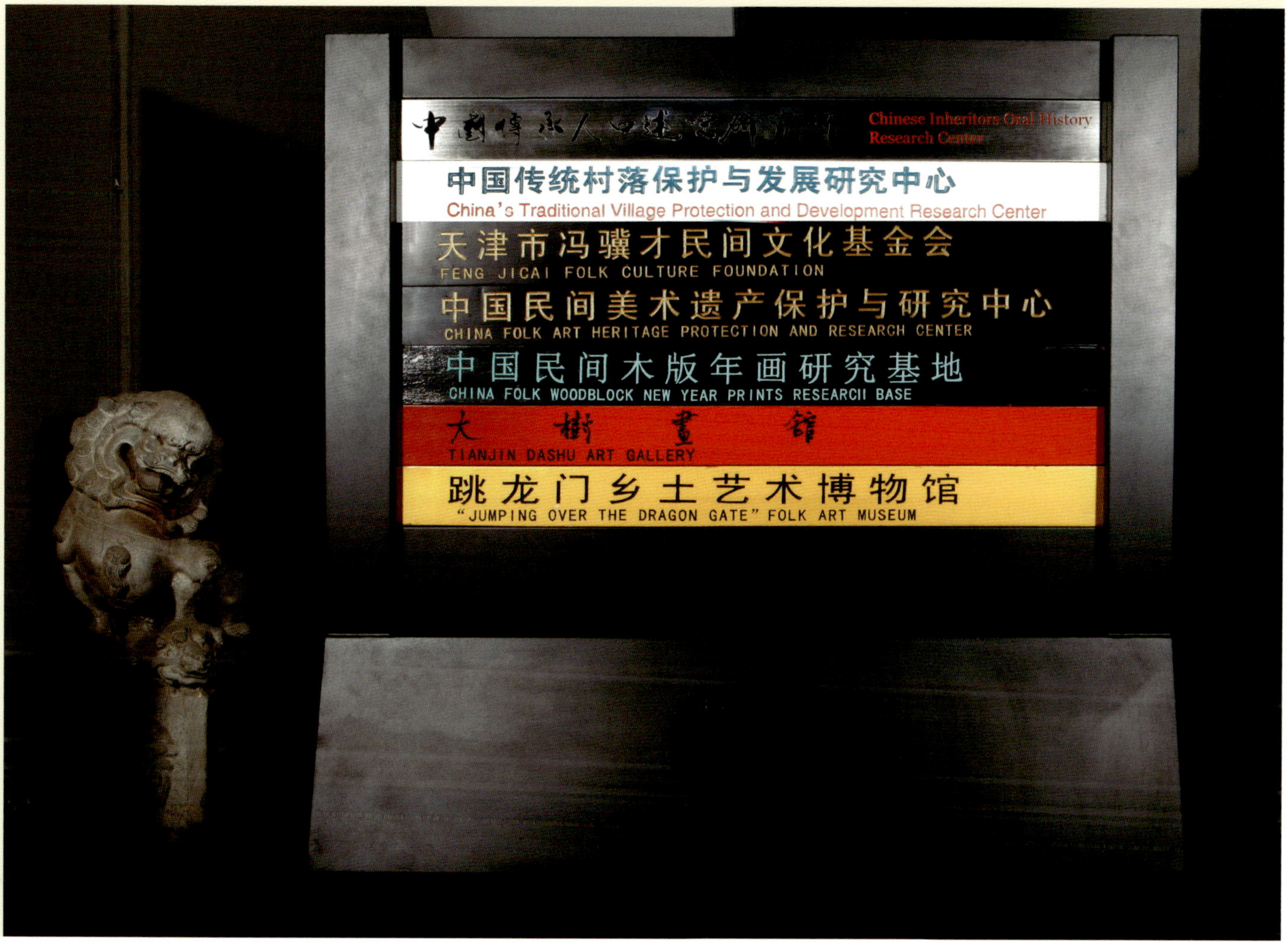
Chinese Inheritors Oral History
Research Center
中国传统村落保护与发展研究中心
China's Traditional Village Protection and Development Research Center
天津市冯骥才民间文化基金会
FENG JICAI FOLK CULTURE FOUNDATION
中国民间美术遗产保护与研究中心
CHINA FOLK ART HERITAGE PROTECTION AND RESEARCH CENTER
中国民间木版年画研究基地
CHINA FOLK WOODBLOCK NEW YEAR PRINTS RESEARCH BASE
大樹畫館
TIANJIN DASHU ART GALLERY
跳龙门乡土艺术博物馆
"JUMPING OVER THE DRAGON GATE" FOLK ART MUSEUM

水牌子

冯骥才工作室

该工作室是院长办公室，冯骥才的工作室，又兼具冯骥才档案资料收藏及其研究，以及学院网站管理的功能。

会谈间

内景

韩美林的书法

冯骥才工作室

该工作室除去日常的事务性工作之外，还要协助冯骥才做大量的与写作相关的编务工作。

工作

工作照，中间为主管高爽

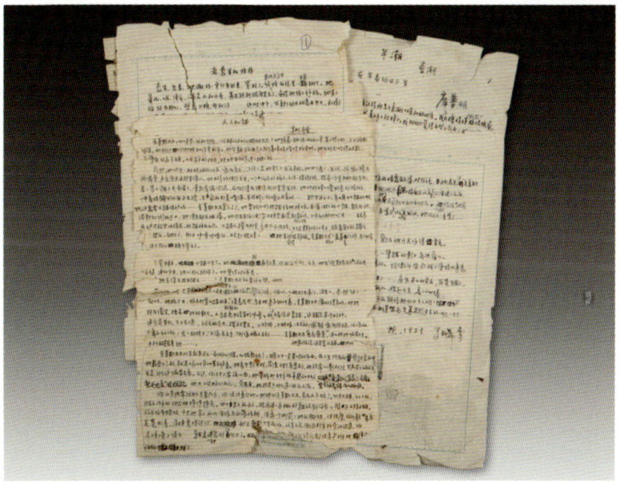

手稿

冯骥才工作室

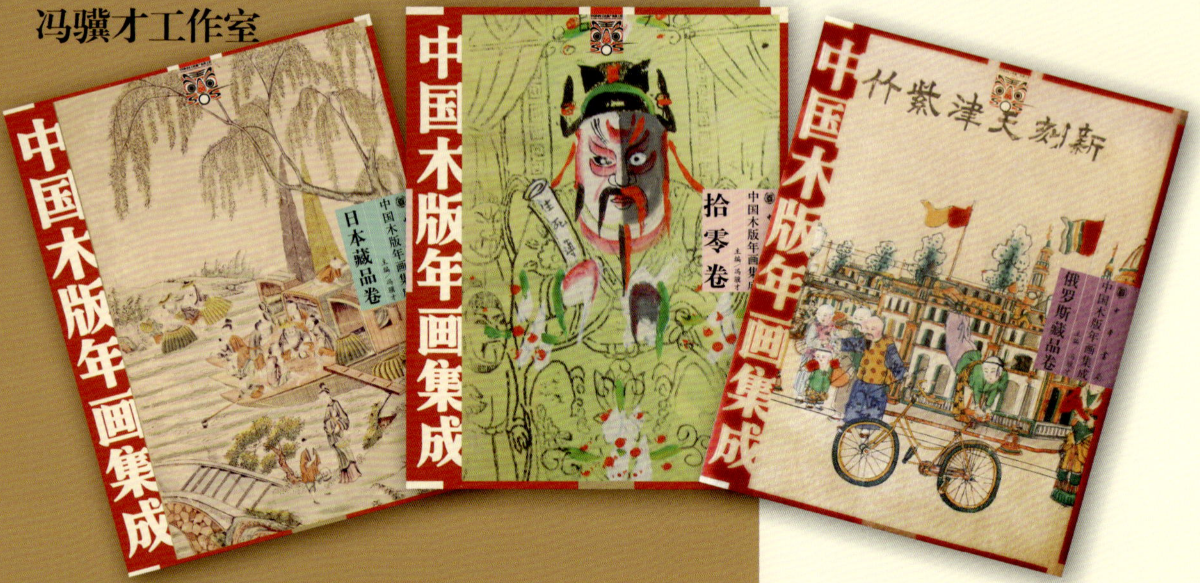
中国木版年画集成
日本藏品卷
中国木版年画集成
拾零卷
中国木版年画集成
俄罗斯藏品卷

绵山神佛造像上品

中国历代雕塑藏品集
鬼斧神工

跳龍門
大樹畫館
图介
The Photographs and Illustrations of the Dashu Gallery
1993-2015
天津大学
冯骥才
文学艺术研究院
图介
2005-2015

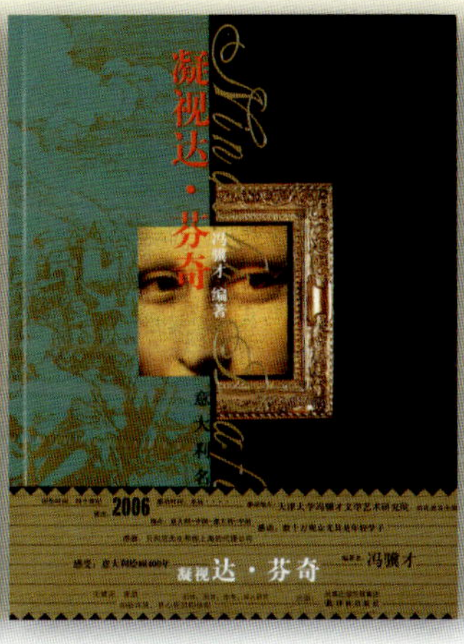

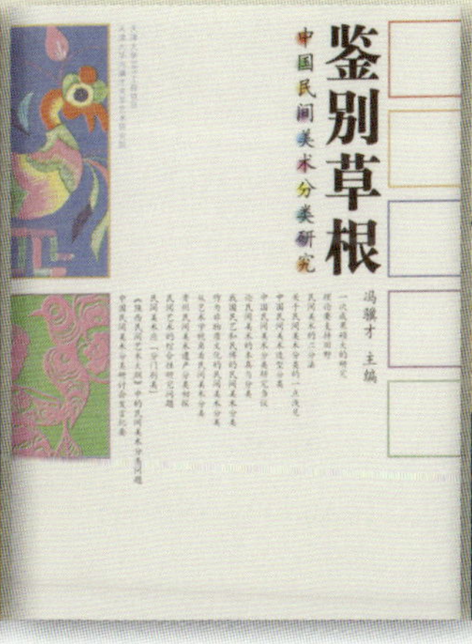

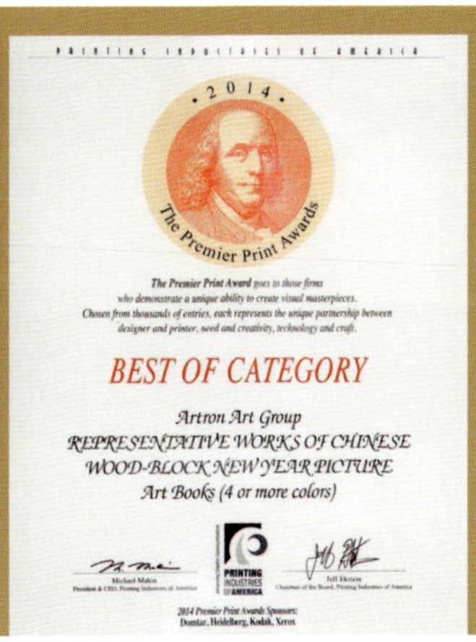

工作室协助冯骥才先生编辑的部分书籍，不少作品在国内外获奖。

教研工作室

我院各科研部门的管理部门。

教研工作室全景

工作照 / 室内装饰

文学研究室

本室教研重点为现当代文学及作家，以及对冯骥才文化思想和文学创作的研究。

工作

主管祝昇慧

出版物《抢救工程档案》、《文化先觉》、《年画十年档案》等

中国木版年画研究中心

中国木版年画研究中心是中国民间文艺家协会批准建立的我国第一个国家级的年画保护与研究机构，对全国年画遗产进行普查、收集、整理和保护，并开展学术研究，致力于建立中国木版年画保护和研究的完整体系。中心研究力量充沛，拥有中国木版年画数据库、资料室、《年画研究》刊物和中国年画网站，以及“跳龙门乡土艺术博物馆·年画厅”，并搭建起国际性的年画学者通联网络，是国内外进行年画研究的重要平台。

工作

田野考察

工作照，中间为中心副主任王坤

中国木版年画研究中心

标志 / 网站

一个古画乡的
「临终抢救」

豫北古画乡
发现记

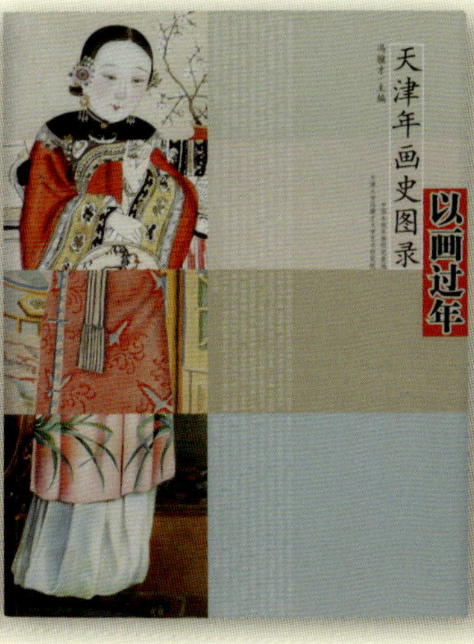
天津年画史图录
以画过年

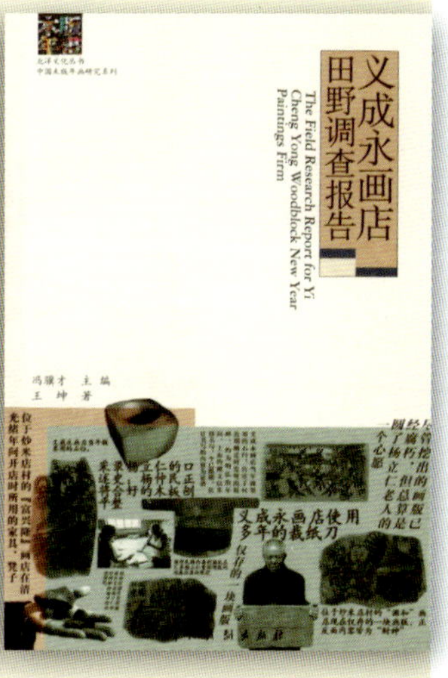
义成永画店
田野调查报告
The Field Research Report for Yi Cheng Yong Woodblock New Year Paintings Firm

韩清亮
韩建峰

出版物

2011秋
年画
研究
为未来记录历史
十年辛苦不寻常
年画普查总结
年画新发现

2012秋
年画
研究
李福清
研究的年画理论
研究特辑
项目进行时

年画
研究
东方大地上的人文奇花
——中国木版年画新论
纸马三题
纸马研究的开拓者

中国传统村落保护与发展研究中心

2013 年 **6** 月 **4** 日成立。是经中国民间文艺家协会和天津大学批准的国家级传统村落保护与研究机构，旨在科学地推动与实施传统村落的保护和发展工作。中心实行专家委员会指导下的主任负责制，下设学术委员会、组联部、研究部、书刊资料部、信息中心五个职能部门，主要工作为建立档案、资料存录、项目实践、学术研究、宣传与教育等。

中国传统村落
保护与发展研究中心
China's Traditional Village Protection and Development Research Center

标志

网站

田野考察

需要立档的传统村落

工作照，右四为中心副主任蒲娇

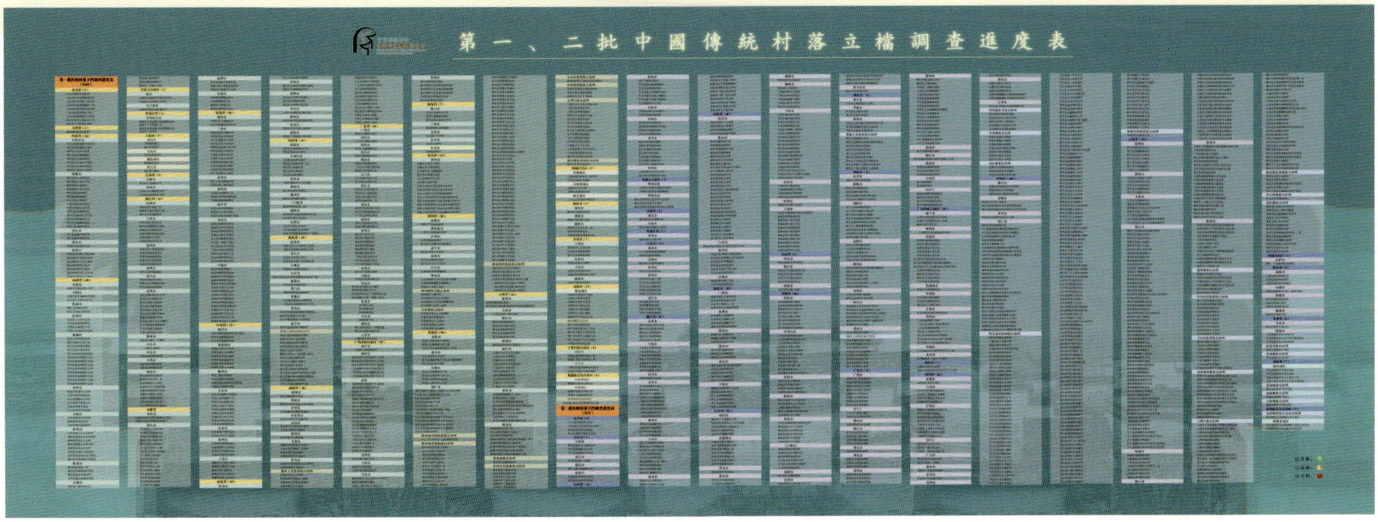

中国传统村落保护与发展研究中心

田野考察

村落遗产
第1期
村落遗产
第2期
村落遗产
第3期

（总第4期）
中国传统村落立档调查
工作通讯
（总第1期）
中国传统村落立档调查
工作通讯

内部刊物、田野手册等

Selected Pictures of Chinese
Traditional Villages List
中國傳統村落名錄圖典

中國傳統村落立檔調查
田野手册
冯骥才/主编

中國傳統村落
立档调查
范本
冯骥才/主编
后沟村
张壁村

中国传承人口述史研究所

中国传承人口述史研究所是我国第一个传承人口述史研究机构。缘于中国民间文化遗产抢救工程中对传承人口述调查受益无穷的应用。我院科研团队先后完成了《中国木版年画传承人口述史丛书》、《天津皇会文化遗产档案丛书》等口述调查与整理。同时，对"口述史方法论再研究"课题被列入国家社科基金重大项目。研究所成立后，将开展对非物质文化遗产传承人口述史的田野实践与理论建设工作。

成立大会，揭牌

向天津皇会赠《天津皇会文化档案》

中国传承人口述史研究所

Chinese Inheritors Oral History Research Center

标志

宣传页

出版物

工作照，中间为研究所副所长郭平

视觉工作室

本室以视觉记录手段，抢救具有遗产价值的文化与人物。并进行相关理论建设与教学实践。

工作室，左一为主任王晓岩

工作照

出版物《中国传统村落立档调查范本》

文化机构

我院十分重视文化机构的建设。众多的实体性文化场馆和空间性的文化场馆，蕴含丰富，注重品味，已成为我院的特色与优势之一。

场馆

十年间，我院本着“文化存录是人文学院之必需”和“文化体验是文化学习的一半”的理念，建立了一系列皮藏丰富、颇具特色的文化艺术博物馆和图书馆，并已自成体系。

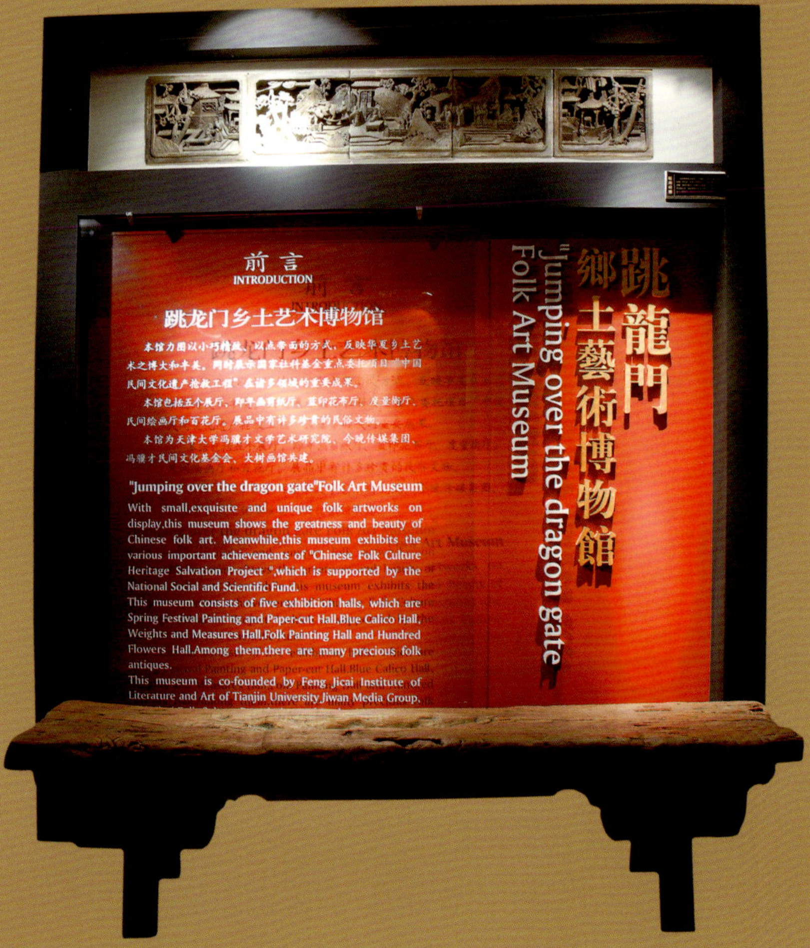

跳龙门博物馆

跳龙门博物馆楼道

瓷片墙

大树画馆

大树画馆为冯骥才先生于**1993**年创建。画馆陈放冯骥才先生书画作品及文化珍藏，也是海内外文艺家和文化人以文会友的沙龙。馆内崇尚儒雅，意境清幽；友人各逞才艺，极尽风流。**1994**年后，冯骥才先生投身城市历史文化保护和民间文化抢救，画馆遂成承担这一繁重工程的工作室。

大树画馆的“大树”二字，取典于冯家先祖汉将军冯异，为国建功却不思封官，每逢诸将论功，必避于大树之下，因被军中尊称“大树将军”。由于景仰先祖“为国不为己”的高风亮节，故以“大树”为名。

文坛泰斗冰心老人生前深会冯骥才的用意，题写了“大树画馆”四字。

2005年，天津大学冯骥才文学艺术研究院建成。大树画馆迁至此处。

本馆陈列内容为三部分：**1.** 绘画 **2.** 文学作品 **3.** 文化遗产抢救成果。

门厅 / 外景

雷公 木雕 高 86cm 明末清初 湖南

羊 石刻 高 33cm 长 53cm 汉代 河南
异兽 石雕 高 22cm 长 44cm 北齐

大树画馆

◎绘画

本馆画作为冯骥才先生数十年作品之精要

内景

树后边是太阳 68×104cm 1991

冬日的诗 54×78cm 2007

大树画馆

◎绘画

思绪如烟 44×52cm 2009

柔情 120×123cm 1991

大树画馆

◎文学

已出版中文版本 **169** 种

已出版英、法、德、意、日、俄、西等外文版本 **41** 种

《大树画馆图介 1993–2015》

展柜

《绘图金莲传》 小说 书录线装本

冯骥才文集

大树画馆

◎文学

中文版本一部分

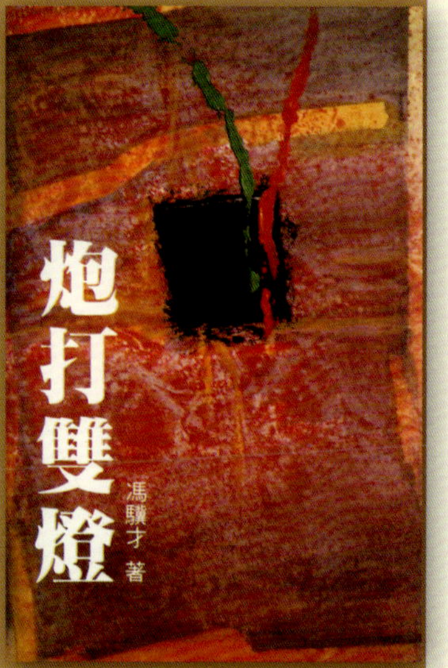

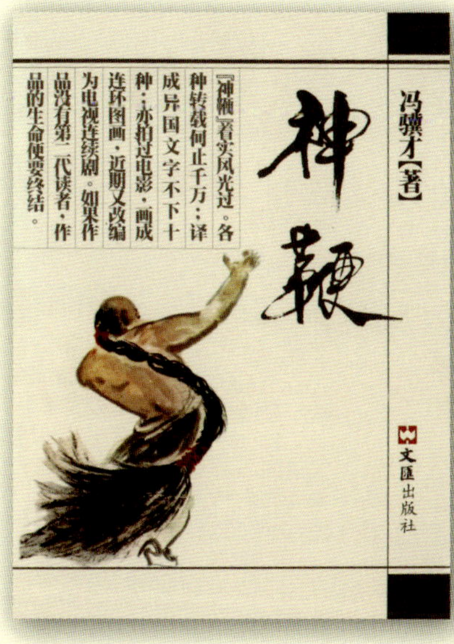
神鞭
冯骥才【著】
『神鞭』着实风光过。各种转载何止千万；译成异国文字不下十种，亦拍过电影，画成连环图画，近期又改编为电视连续剧。如果作品没有第二代读者，作品的生命便要终结。
文汇出版社

人类的敦煌
冯骥才 著

散花
冯骥才 著
冯骥才最新作品集

冯骥才／著
巴黎，艺术至上

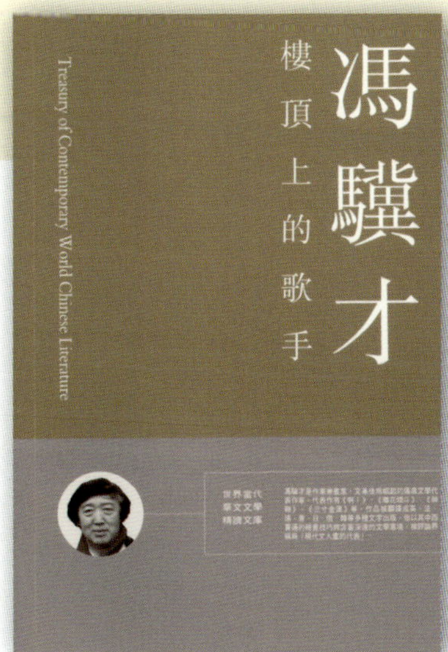
馮驥才
樓頂上的歌手
Treasury of Contemporary World Chinese Literature
世界當代華文文學精讀文庫

РОССИЯ
倾听俄罗斯
冯骥才 著

大树画馆

◎文学

外文版本一部分

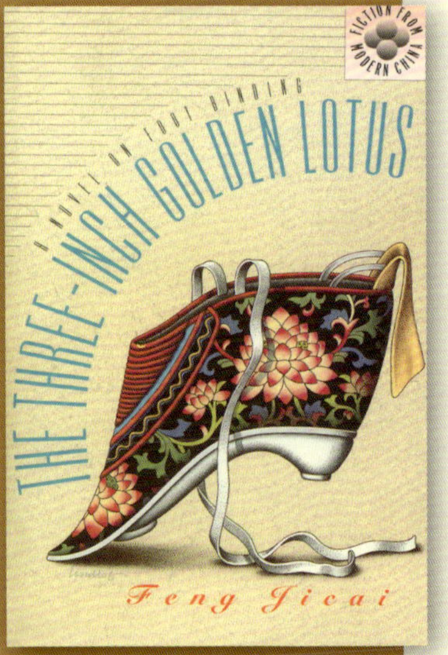

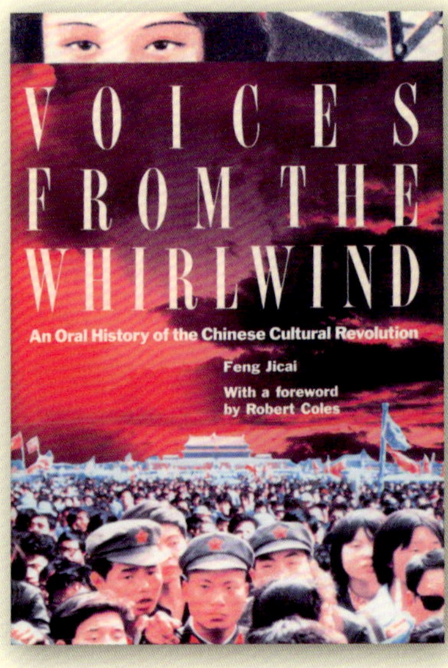

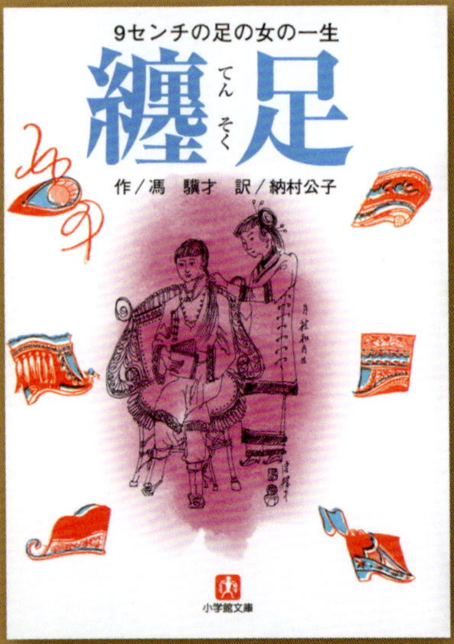

Feng Jicai
Drei Zoll goldener Lotus
Roman
Herder

Feng Jicai
De straf van Hua
Leopold
Novib

LET ONE HUNDRED FLOWERS BLOOM
FENG JICAI

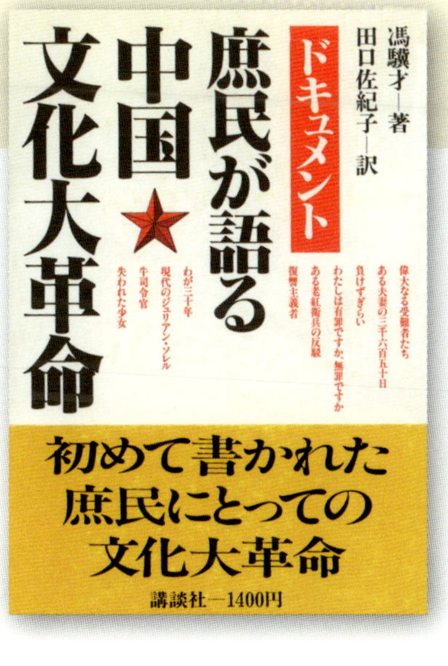
馮驥才—著
田口佐紀子—訳
ドキュメント
庶民が語る
中国★文化大革命
初めて書かれた
庶民にとっての
文化大革命
講談社—1400円

PAGE BLANCHE
Feng Ji Cai
QUE CENT
FLEURS
S'EPANOUISSENT
GALLIMARD

ФЭН ЦЗИЦАЙ
ПОЛЕТ ДУШИ
冯骥才著
灵性
ГИПЕРИОН

大树画馆

◎文化遗产抢救部分成果

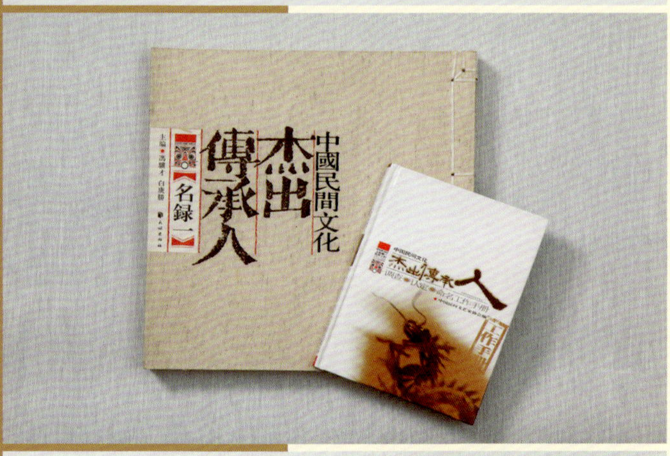

抢救成果一组

中国木版年画集成

《中国木版年画集成》

遗
舊
韵
城

南
東
北
西

主编 冯骥才
小洋楼风情
WESTERN STYLE BUILDINGS
公共建筑

主编 冯骥才
小洋楼风情
WESTERN STYLE BUILDINGS
民居建筑

大树画馆

◎书法

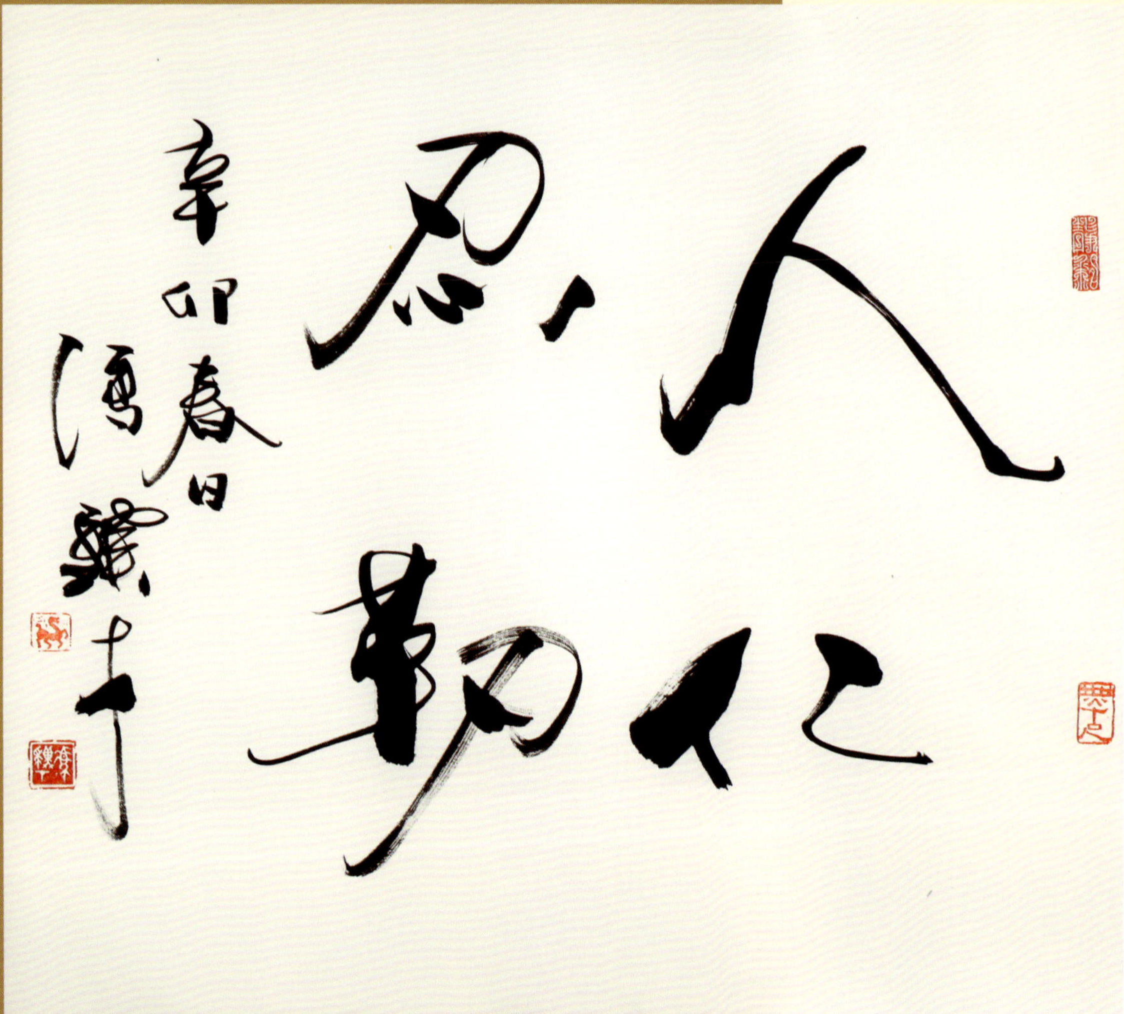

人仁忍韧 68×68cm 2011

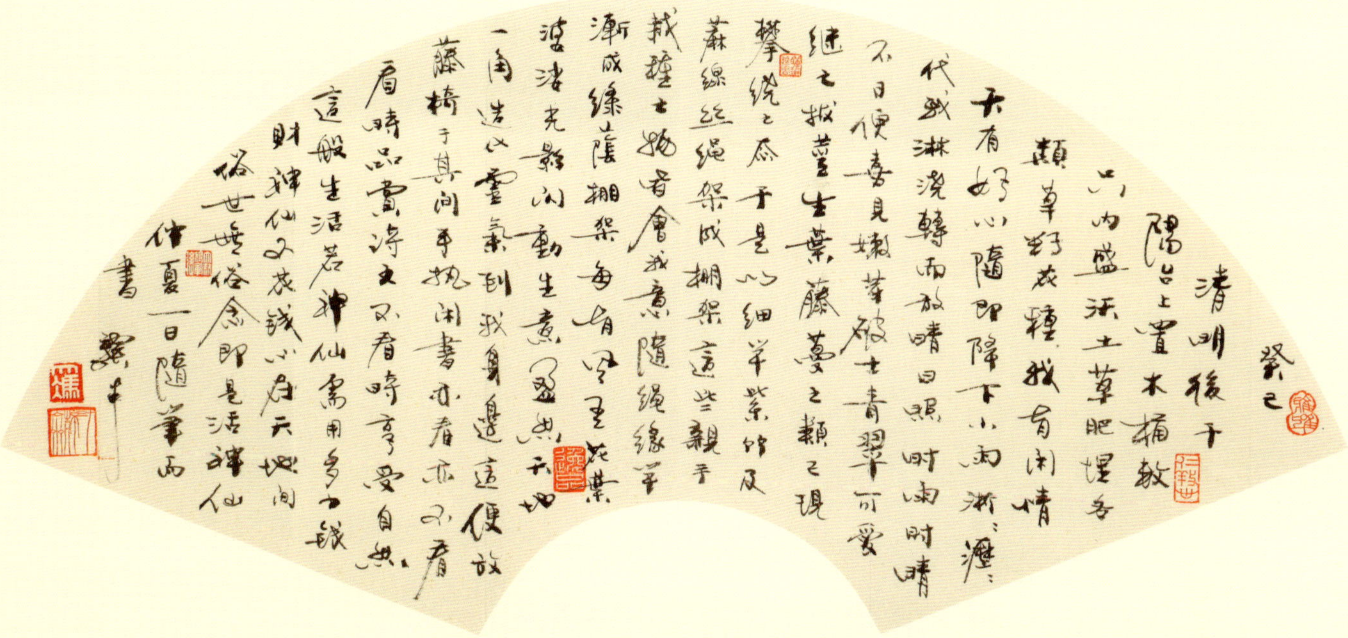

阳台花架记 21×55cm 2013

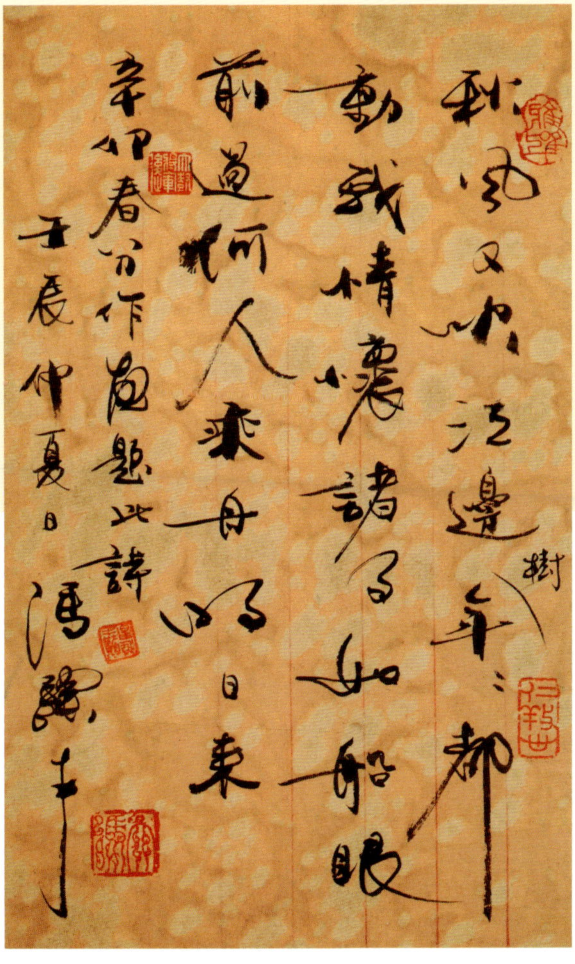

秋帆过眼 24×14.5cm 2012

跳龙门乡土艺术博物馆

我国民间文化的多元、灿烂以及无穷的创造力，鲜明地体现在中华大地的视觉美术上。

民间的美术分做两部分，一为传统工艺，一为乡土美术。前者多在城市中，由专业匠师制作，采用高贵材质如宝石、象牙、金银、紫檀等，追求巧夺天工；后者则在广大乡间，作者皆是农汉村妇，随手取来身边材料如草木砖石竹木纸帛，不尚精细，只求表达一己情怀，于是各民族与地域的性格昭然凸现。

本馆侧重在乡土美术范畴，在其汪洋大海般的世界中，选择若干种类，以点带面，以彰显民间美术的魅力与精神。

馆名取自民间鲤鱼跳过龙门，升腾为龙之意。以此为名，自有深在的蕴藉。

本馆为我院民间美术研究的实体部门，研究生的工作坊间。其藏品来自冯骥才先生个人收藏及其友人的珍藏。

吞口 石雕 清代 四川

门厅

垂花门楼 清代 山西

《跳龙门乡土艺术博物馆图说 2007》

徽州砖雕

晋南木门与石雕门神

跳龙门乡土艺术博物馆

◎雕塑厅

中国古代的雕塑不同于绘画。绘画进入文人与精英层面，画家迭出；雕塑却始终在草莽之中，历代精华皆出自民间默默无闻的塑手雕工。

自原始时代发明石器与陶器，“雕”与“塑”既已萌生。雕与塑是不同的。雕是在硬质材料上，用减法刻去多余，留下心中的想象；塑是用软质材料，以加法不断添加之必需，最终完成形象。

中国历史悠久，地域多元，民族众多，雕塑风格手法千姿百态，民间精品不可胜数。本厅展品取其历史和文化价值，同时十分注重审美，故多为稀世罕见之品。

本厅分两部分，一为历代雕塑风格的嬗变，一为民间应用雕塑的方方面面。

《鬼斧神工》系本馆藏品集
冯骥才 2015 中华书局

内景

跳龙门乡土艺术博物馆

◎雕塑厅

本厅藏品分为“历史雕塑风格嬗变”和“乡土雕塑”两个系列。

彩绘天王俑 陶质 高 64cm
盛唐 陕西

人头像 陶质 高 3.5cm 新石器时代
仰韶文化 陕西

牛头埙 陶质 高 7cm 新石器时代
龙山文化 山东

傩面 木雕 高 42cm 长 29.5cm
明代 四川

侍者 彩塑 通高 105cm 明代 山西绵山

罗汉 石雕 高 64cm 长 37cm 明代 四川

跳龙门乡土艺术博物馆

◎年画剪纸厅·年画

木版年画和剪纸是我国最重要的传统民间美术，都已列入国家非物质文化遗产，剪纸已列入世界非物质文化遗产。这里不仅展示我国各地年画与剪纸十分稀世的遗存，还保存了一些艺人的工具、材料乃至昔日的手工作坊和民间岁时的人文景象。

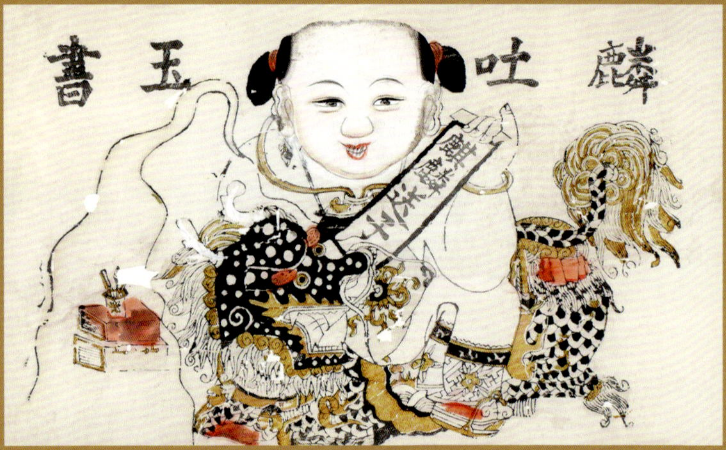

麟吐玉书 横三裁 32.5×58cm 清代 半印半绘

内景

荣耀国 民国 贡笺 杨柳青 60 × 103cm

杨柳青年画艺人王学勤的作坊

戏曲人物 粉本 清代 杨柳青

刘海戏金蟾 画版 明代 山西临汾

跳龙门乡土艺术博物馆

◎年画剪纸厅·剪纸

剪纸是我国民间百姓自制、自用、自享、自愉的艺术。由于它所使的材料——纸为我国四大发明之一，早在南北朝时期已经成熟。我国剪纸覆盖宽广，风格缤纷，遍及九州乡村，凡心灵手巧的农村妇女皆擅长于剪纸。剪纸的应用也十分广泛，既从属于年节风俗，也应用于婚丧嫁娶等人生礼仪，更广泛使用在各种生活的装饰上。其种类有窗花、挂千、墙花、团花、喜花、礼花，也有鞋样、各类绣样、腊染图案和灯笼花。题材为百姓喜闻乐见，内容十分丰富，手法因地而异，变形大胆，装饰性强烈。由于地域与风习的不同，剪纸种类繁多，有彩色剪纸、单色剪纸、手绘剪纸、手撕剪纸等等。应是我国民间文化之瑰宝。

内景

天津的窗户眼儿

我国各地窗子的形制不同，贴窗花也各有讲究。天津冬日风大且冷，窗格细密，中间的孔较小，故称“窗户眼儿”。天津贴窗花的规矩是每“眼儿”（即孔）必贴，左右对称，看上去丰盈而安稳。

团花 浙江乐清

跳龙门乡土艺术博物馆

◎年画剪纸厅・剪纸

长白山满族剪纸

《消逝的花样》封面

天津伊德元剪纸一组

戏曲人物
王老赏（1890—1951）作。王老赏为河北蔚县南张庄人。近代著名剪纸大师。蔚县剪纸的杰出代表。以刻制点染戏曲窗花著称于世。自二十岁独立操作，一生刻出二百多出戏文，六百多戏曲人物。刻工细致纯熟，造型敦厚古朴，一招一式全来自舞台。其作品广受百姓喜爱。这两枚剪纸是王老赏的传世珍品。

跳龙门乡土艺术博物馆

◎民间画工厅

人类的绘画，先是自发和自由的表达，然后渐渐演化出专门的技艺，走向专业和职业化。从战国时期的史籍看，已有专事绘画的人，那时对这种职业性的画人称为画工或画手，多为宫廷和宗教服务。诸如墓室壁画、石窟或明堂的壁画、敬祀列祖列宗的画像等等，属于功能性的艺术品。早期的画工已显示出想象丰富，造型大胆，技艺高超，但画工身在社会下层，属工匠一类，作品上都不具名。唐代以后，画工中的佼佼者成为宫廷画师，遂为世人所知。但大量活跃在民间的画工，却一直湮没在田野中，无人知晓。许多精湛之作亦不被爱惜，失却颇多。

本馆展示历代民间画工之作品，有的为民间信仰的偶像，有的是世俗景象。皆为罕见之精品，可以展示民间绘画之璀璨与高妙。

为彰显这些佚名的画工，故称为“民间画工厅”。

内景

辽代墓主人像 66×52cm 辽代
此为辽墓出土的墓主人画像。
绢本轴画，出土地点不详。人
物服饰具有北方少数民族特色。

清高宗（乾隆）育子图
118×53cm 清乾隆

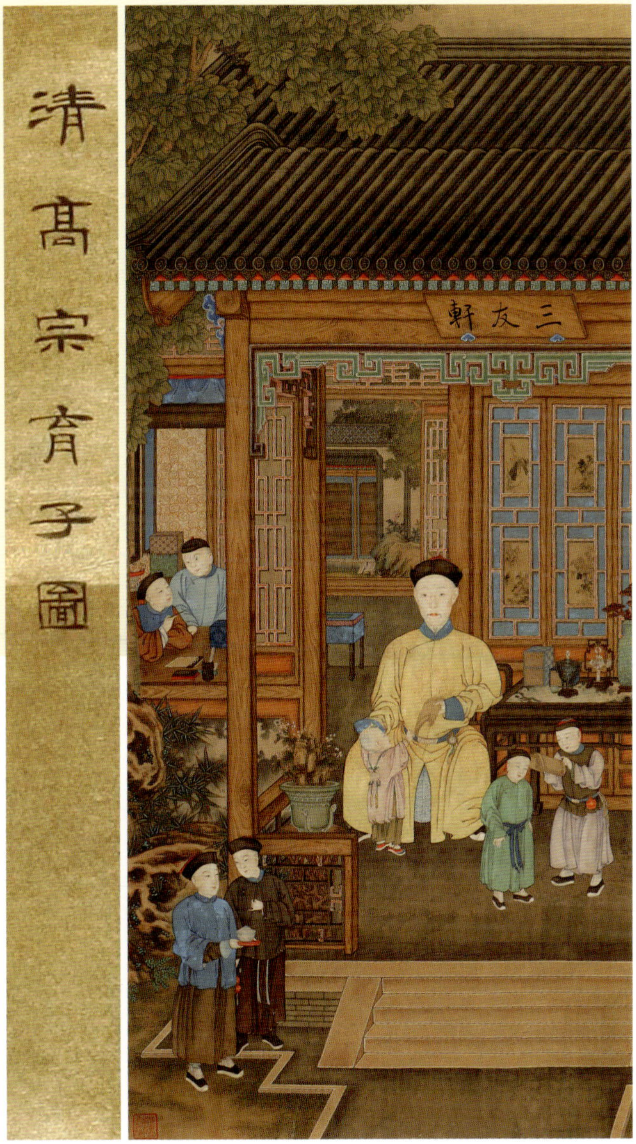

草虫 绘本 清代

跳龙门乡土艺术博物馆

◎蓝印花布厅

中国妇女传统的服装装饰，分为印染与刺绣两种。南方劳动妇女普遍采用蓝印花布。其历史久远，手法多样，主要为夹缬、蜡染、扎染和蓝印，蓝印花布盛于江苏。

这里展示的是南通的蓝印花布及制作流程。江苏濒海，气候温润，土质松软，宜种棉花。农耕时代，家家纺线、织布、刻版，以靛青染花。蓝印花布在中国妇女身上穿了至少一千多年，美丽的图案不下万种。如今工业化冲击，蓝印花布日衰，现已被列入国家非物质文化遗产，旨在将其传统手工技艺保存下来。

梅葛二仙 纸马 清代

内景

内景

左：夹缬版 木质 宋 江苏
右：拓印版 木质 明 山西

各种图案

跳龙门乡土艺术博物馆

◎木版活字厅

用一个个木雕单个字排版印刷，是我国印刷的伟大发明。宋庆历（**1041-1048**）毕昇用胶泥刻字，以火烧坚，排版印刷。这一发明早于德国人谷登堡使用金属活字排版四百年。它大大推进了文化的传播与文明的进程。到了元代，木雕的活字便被创造出来。

本厅展出的木活字来源于浙南瑞安地区。此地乡民对其族谱每隔一二十年编修一次，这风俗传衍至今。故我国这项重要的文化遗产——古老的活字印刷术，仍被鲜活地保留着。从这里，我们可以直接触摸到千年印刷史的源头。从中获得真切和优雅的古文明的感受。

内景

活字

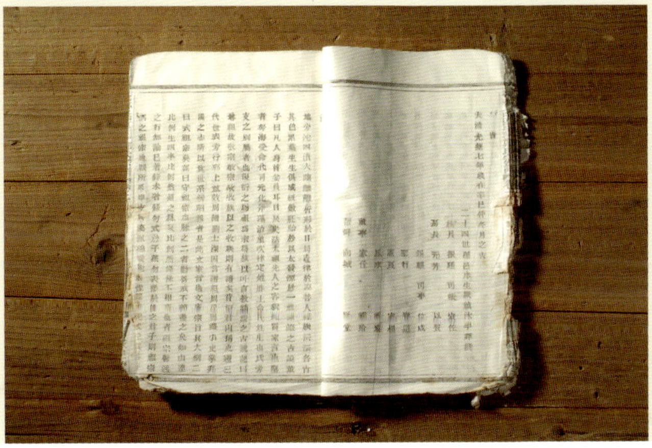

印宗谱的版头

各种木版印制的图书一组

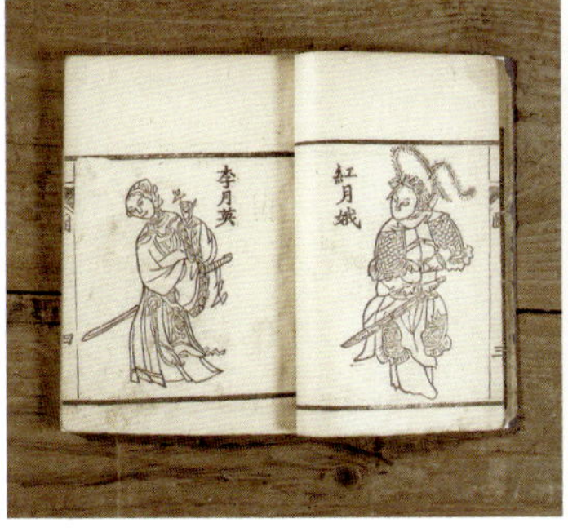

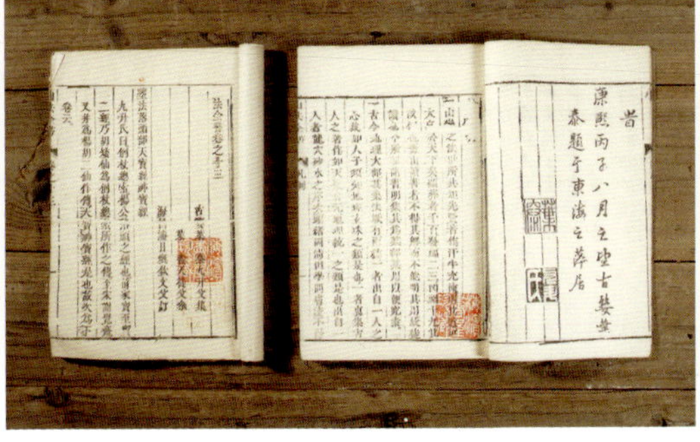

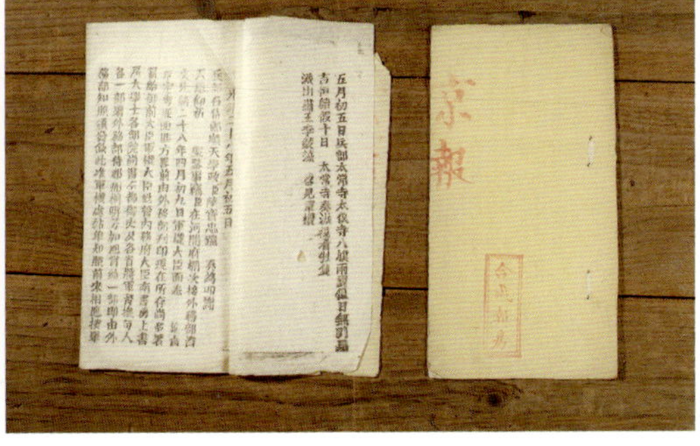

跳龙门乡土艺术博物馆

◎花样生活厅

民间对美的热爱五彩缤纷地体现在其生活中。中国民族众多，各地风情不一，自然材料和生活物品不同，艺术表情丰富至极。本厅从家居生活的家具物什到信仰供物、各类器具、服装配饰、节日用品、玩具摆饰，全面展示民间的审美世界及生活情感。

内景

门厅

封仓木印

拨浪鼓

农具一角

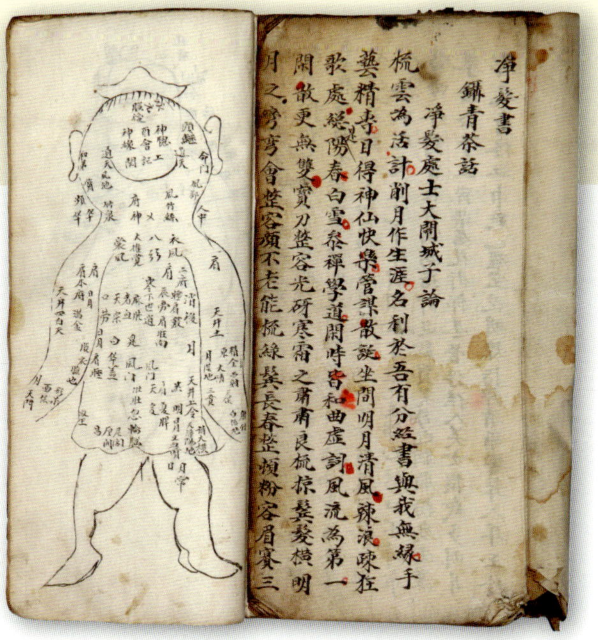

《净发书》 手抄本 清代

跳龙门乡土艺术博物馆

◎花样生活厅

各少数民族的服饰 / 乐器

上左：清明
上右：端午
下左：中秋
下右：春节

跳龙门乡土艺术博物馆

◎百花厅

此厅展示的是当代民艺精华，从中可见到传统民艺传人今日之杰作，亦可领略新时代民间艺术人才的锐气和百花竞放的景象。

仕女 张乃英作 天津泥人张

内景

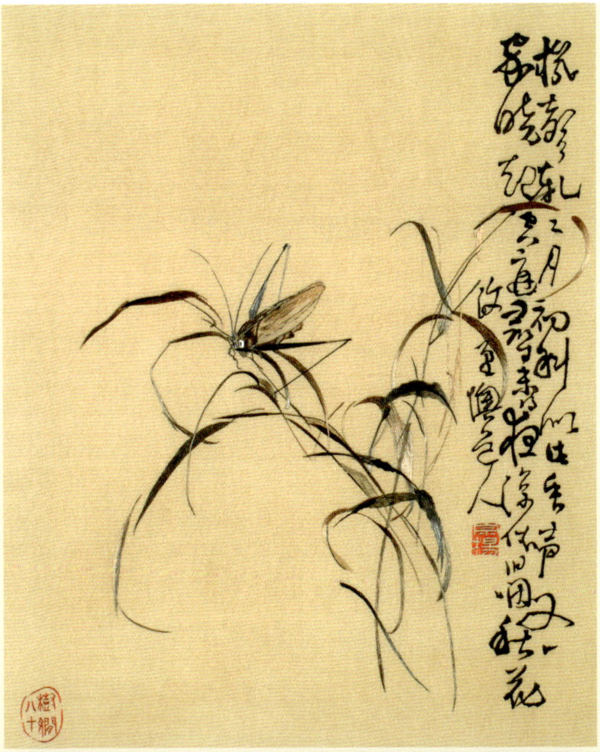

上：草虫 仿古绣 陆树娴作 扬州

下：蝈蝈白菜 绢艺 秦三杰作 河南安阳

雄狮护子 泥彩塑 陕西凤翔

马上封侯 泥彩塑 陕西凤翔

图书馆

◎大树书屋

大树书屋近**10**万册图书来自冯骥才私人藏书。以文学类、艺术类、民间文化类图书为其特色。所藏孤本书刊，民俗文献、名人信札亦十分珍罕。

孔子像 铜雕 吴为山

上：全景

中：馆内一角

下：傩面 木雕 明代 山西

图书馆

◎大树书屋

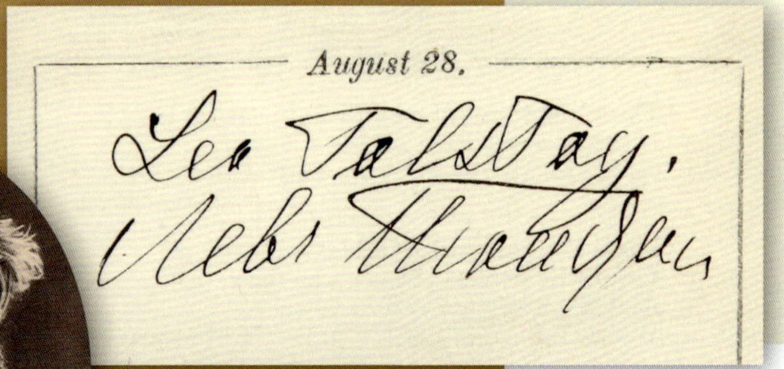

托尔斯泰

· 亲笔签名

·《现身说法》最早中译本 林纾译 1933年商务印书馆出版

大仲马

·《玉楼花劫》最早中译本 林纾译 1914年商务印书馆出版

·亲笔信件

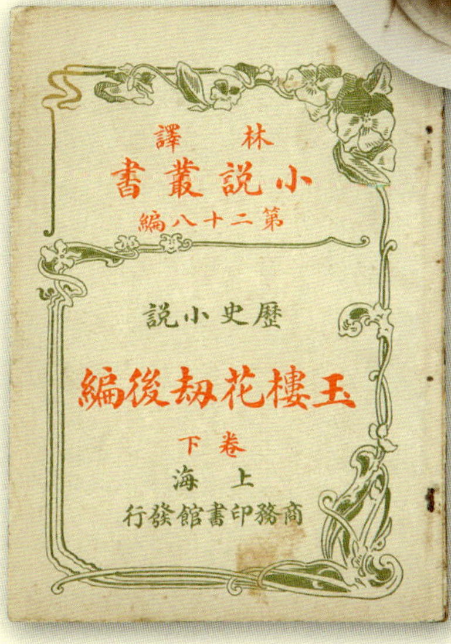

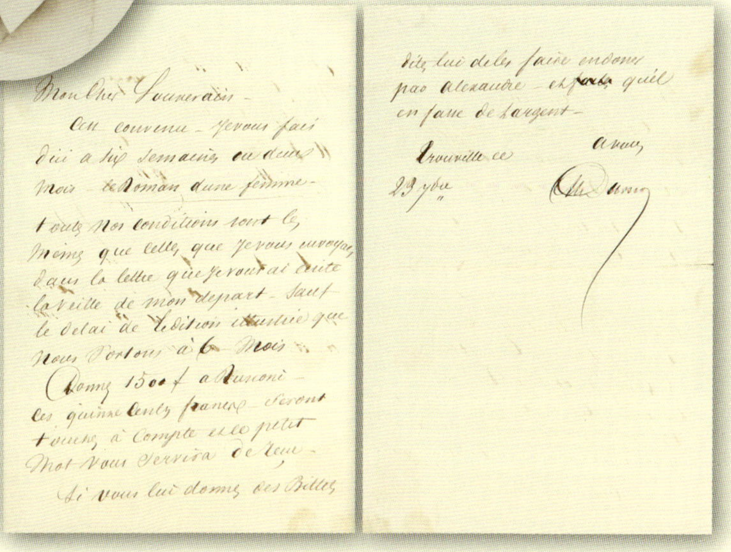

Ceci convenu je vous fais
dire à six semaines ou deux
mois le roman d'une femme.
toutes nos conditions sont les
mêmes que celles que je vous envoyai
dans la lettre que je vous ai écrite
la veille de mon départ, sauf
le délai de l'édition illustrée que
nous portons à 6 mois
donnez 1500 f à
les quinze cents francs seront
touchés à compte et ce petit
mot vous servira de reçu
Si vous lui donnez des billets
dites lui de les faire endosser
par Alexandre et faites qu'il
en fasse de l'argent
Trouville ce 23 ybre
à vous
Alex Dumas

小仲马

·《茶花女遺事》最早中译本 林纾译 1903年文明书局出版

·亲笔信件

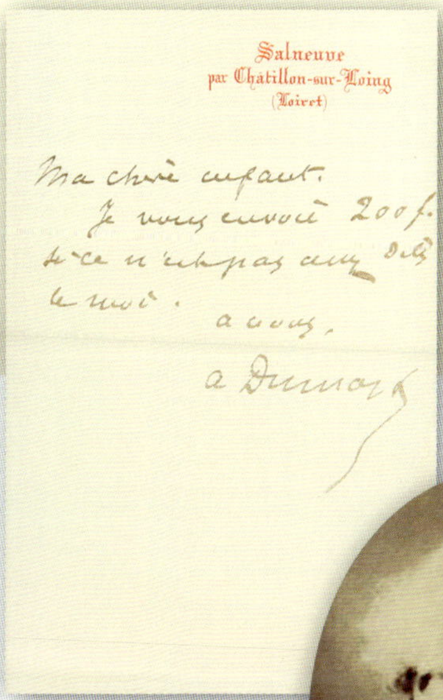

Salneuve
par Châtillon-sur-Loing
(Loiret)

Ma chère enfant.
Je vous envoie 200 f.
si ce n'est pas assez dites
le moi.
à vous.
A Dumas

图书馆

◎大树书屋

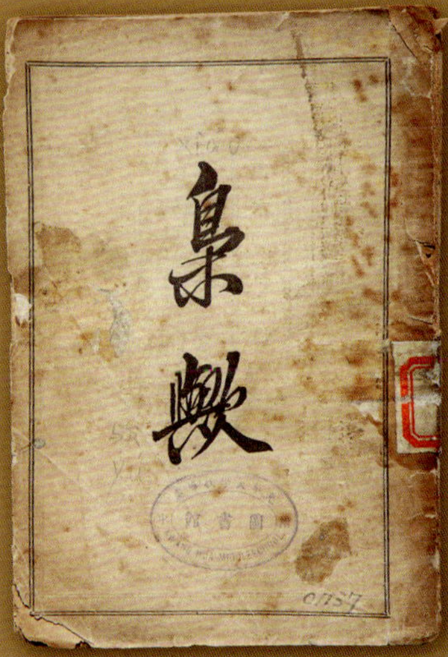

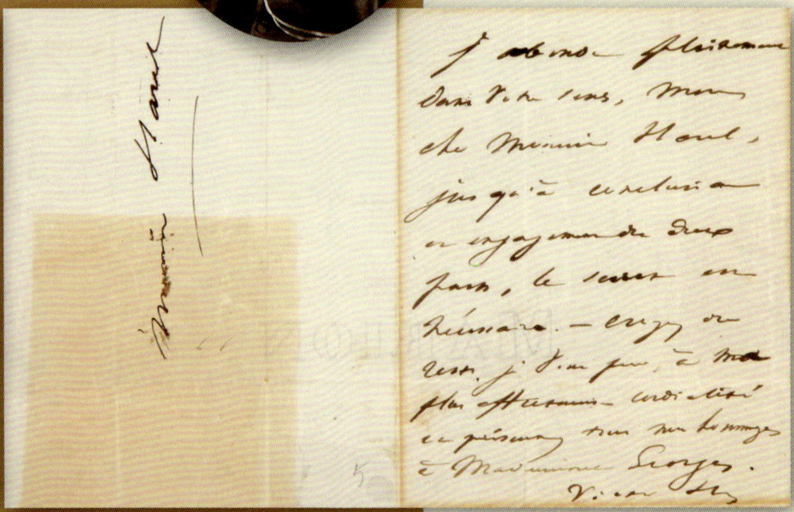

雨果

·《枭欤》 曾朴译 1916 年出版

·亲笔信件

居里夫人

· 亲笔签名

北洋大学藏书票

年画资料室

年画资料室收藏大量珍贵的年画珍品、印制木版和相关文献实物。为冯骥才先生个人收藏。

场景

仓官府 61×41cm 民国 石印

年画资料室

镇宅图 94.5 × 49.5cm
清代 绵阳

戏出 54 × 115cm 清代 杨柳青

月宫 124×56cm 清代 山西

年画资料室

磁青年画 123×28cm 清代 苏州

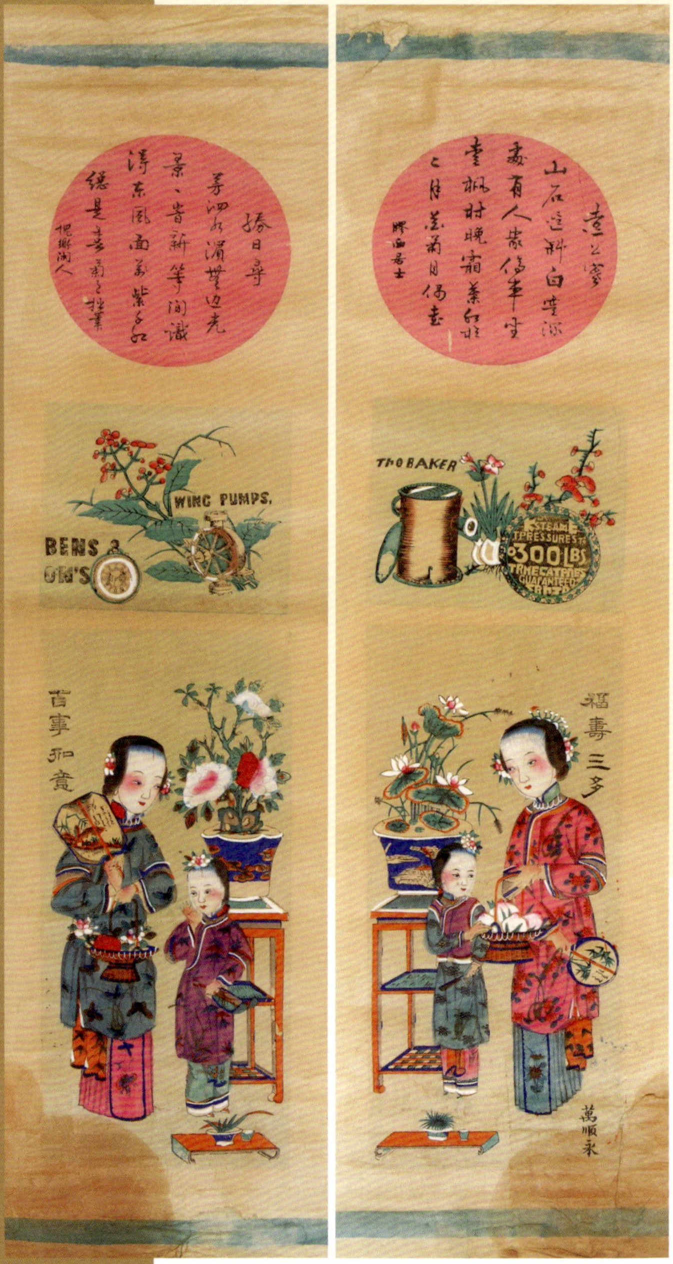

福寿三多 百事如意（对） 112×30cm 清代 山东

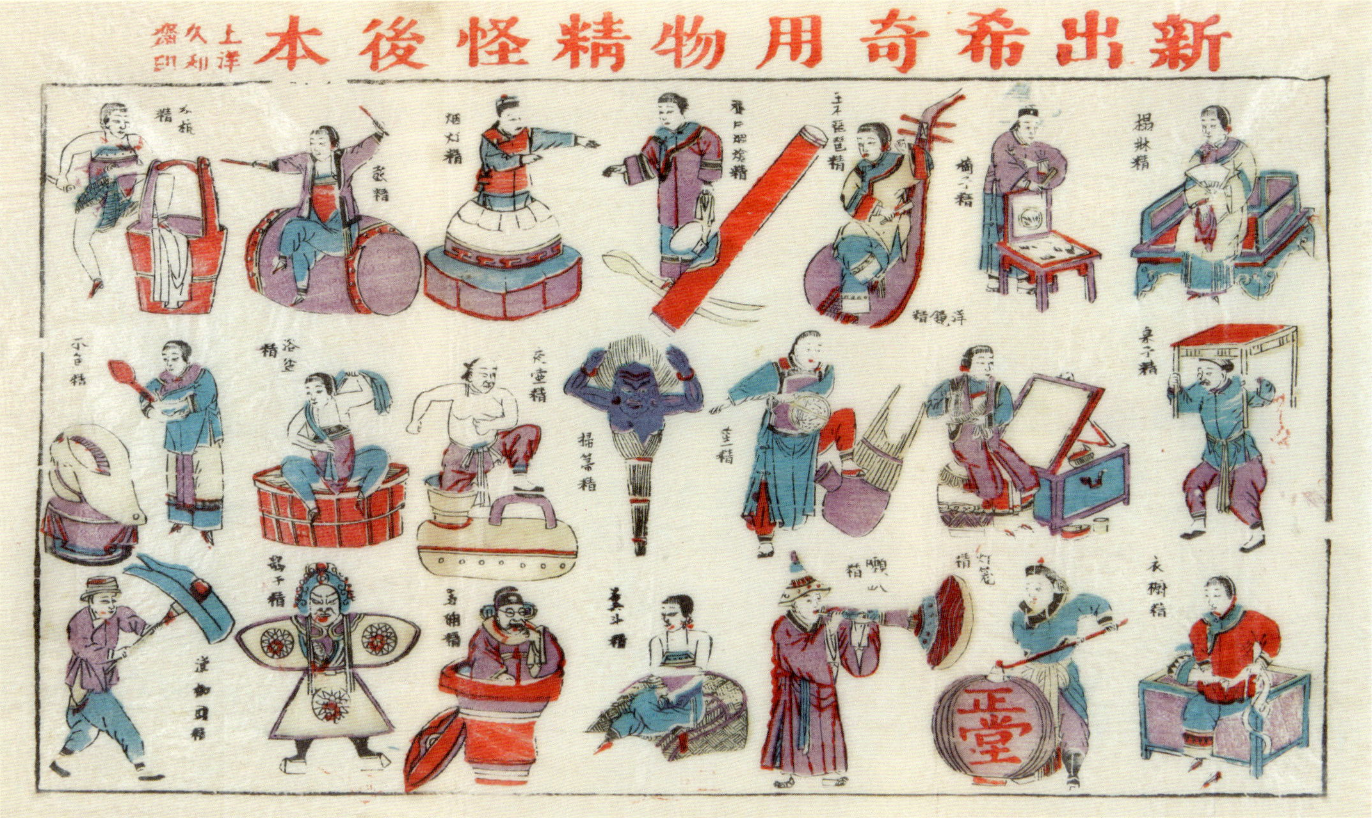

新出希奇用物精怪后本 31×51cm 民国 上海小校场

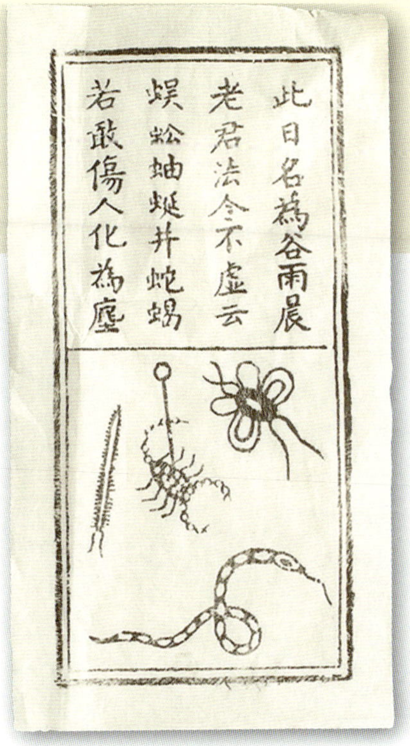

印画木版

冯骥才民间文化基金会

为了抢救濒危待救的民间文化遗产，冯骥才先生发起并创立这一非公募的公益性民间机构。基金会通过“民间自救”方式，唤起公众的文化意识和文化责任，汇聚民间的仁人志士，调动各界各种力量，抢救、保护和弘扬中华文化。

基金会始于**2004-2007**年冯骥才先生在天津、北京、南京和苏州四地举办的书画义卖。**2004**年**12**月**31**日获准成立。十年来举办一系列活动，赞助支持多项重要的民间文化档案的出版、民间文化艺人的传承和守望者的保护行动，并以各种展览方式唤起我校学子与社会公众对中华文化传统的关切与热爱。

FENG JICAI
Folk Culture Foundation
馮驥才民間文化基金會

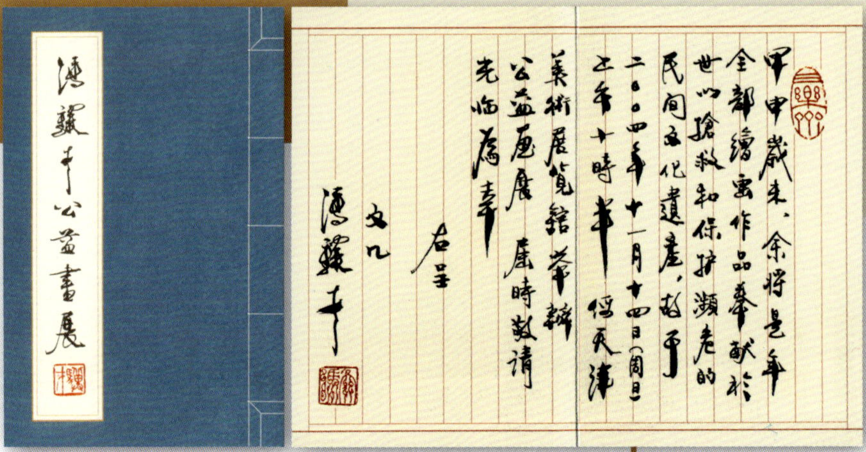

标志 / 专用的请柬

在北京中国现代文学馆的义卖得到
赵文瑄的“拔刀相助”

在南京的义卖画展

基金会秘书长冯宽

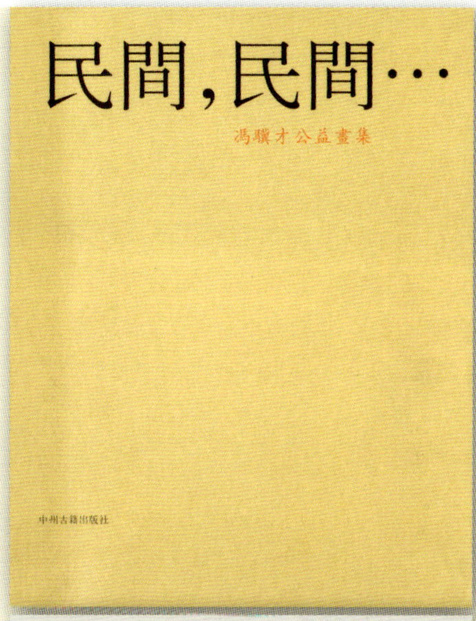

公益画展画作图录

冯骥才民间文化基金会

基金会简介

基金会工作室

民间文化守望者封面与奖杯

基金会主编与赞助的出版物

文化场所

我院十年间建设了一系列文化场所，为开展学术交流、研究和文化活动而使用。

图书馆

◎北洋书院

门厅

会场

座谈间

座谈间的两件雕塑

美术馆·画廊

◎北洋美术馆

北洋美术馆是我院大型展览场馆，十年来曾举办许多次在校内外以及全国有广泛影响的艺术与文化展示活动。

外景

A厅

B 厅

C 厅

代表作厅

美术馆 · 画廊

◎红画廊

红画廊是专门展示摄影艺术作品的画廊

红画廊全貌

局部

观映厅

观映厅用来观审各种影像资料，也是配合展览的音像放映室。

全貌

上：老电影放映机

下：电影史资料

电影海报

仪式厅

仪式厅为我院举行开幕式与招待会之地，亦可举行小型报告会或展览。

全貌

木雕睡床 清代 浙江东阳

韩美林的雕塑稿（泥稿）

天津总商会的木柱，五四运动的重要文物。

阳光盒子

我院举行大型展览活动开幕式之地，兼做讲堂。

夕照斜射　　正午时分

举办文化活动的重要场所

此处的名称为“阳光盒子”

管理机构—院办

院办是学院办公室的简称，负责学院的行政管理、设施的维护、环境的保持以及安全保卫等工作，服务于教研。由于我院博物馆众多，各博物馆与图书馆的调整、清洁与接待，还有各个文化场所应用性改造，皆由院办承担。

夏日里，院办的一景。

院办办公

中间为院办主任徐庆斋

我院编著的图书与学术成果

总　号	书　影	出版信息
1		书　　名：《鉴别草根——中国民间美术分类研究》 体　　裁：论文集 出版年月：2006.01 出 版 社：中州古籍出版社
2		书　　名：《凝视达・芬奇》 体　　裁：文化档案 出版年月：2006.08 出 版 社：译林出版社
3		书　　名：《天津大学冯骥才文学艺术研究院图介 2007》 体　　裁：图文集 出版年月：2007 出 版 社：天津大学冯骥才文学艺术研究院
4		书　　名：《跳龙门乡土艺术博物馆图说 2007》 体　　裁：图文集 出版年月：2007 出 版 社：跳龙门乡土艺术博物馆
5		书　　名：《教育的灵魂——“人文精神与大学教育”国际学术研讨会论文集》 体　　裁：论文集 出版年月：2008.03 出 版 社：天津大学出版社

总　号	书　影	出版信息
6		书　　名：《以画过年—天津年画史图录》 体　　裁：图文集 出版年月：2009.01 出 版 社：河南美术出版社
7		书　　名：《中国木版年画传承人口述史丛书》（凡十四本） 体　　裁：文化档案 出版年月：2009.05–2011.01 出 版 社：天津大学出版社
8		书　　名：《消逝的花样——进宝斋伊德元剪纸》 体　　裁：图文集 出版年月：2009.06 出 版 社：中华书局
9	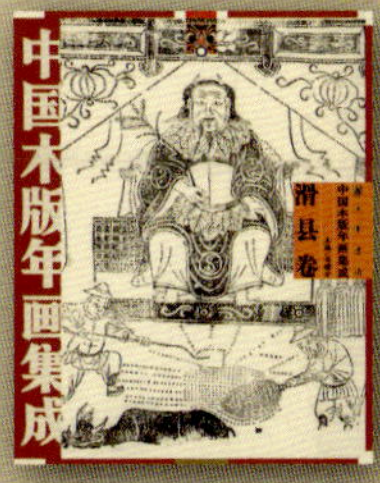	书　　名：《中国木版年画集成·滑县卷》 体　　裁：文化档案 出版年月：2009.06 出 版 社：中华书局
10	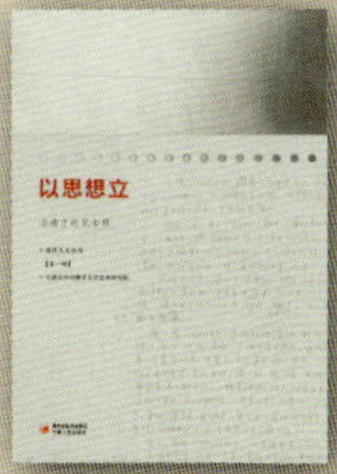	书　　名：《以思想立——冯骥才研究专辑》 体　　裁：论文集 出版年月：2009.11 出 版 社：宁夏人民出版社

总　号	书　影	出版信息
11		书　　名：《田野的经验——中日韩非物质文化遗产保护方法论坛论文集》 体　　裁：论文集 出版年月：2010.06 出 版 社：中华书局
12		书　　名：《心灵的桥梁—中俄文学交流计划国际学术研讨会论文集》 体　　裁：论文集 出版年月：2010.07 出 版 社：天津大学出版社
13	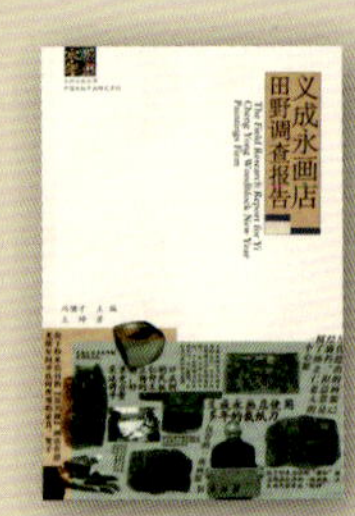	书　　名：《义成永画店田野调查报告》 体　　裁：文化档案 出版年月：2011.11 出 版 社：中国戏剧出版社
14		书　　名：《年画研究》（2011 秋） 体　　裁：论文集 出版年月：2011.11 出 版 社：中国戏剧出版社
15		书　　名：《年画研究》（2012 秋） 体　　裁：论文集 出版年月：2012.10 出 版 社：中国戏剧出版社

总　号	书　影	出版信息
16		书　　名：《李福清中国民间年画论集》 体　　裁：论文集 出版年月：2012.11 出 版 社：中国戏剧出版社
17		书　　名：《年画的价值——中国木版年画国际论坛文集》 体　　裁：论文集 出版年月：2012.12 出 版 社：天津大学出版社
18		书　　名：《永存的记忆——李福清中国文化研究国际学术研讨会论文集》 体　　裁：论文集 出版年月：2013.09 出 版 社：天津社会科学院出版社
19		书　　名：《年画研究》（2013 秋） 体　　裁：论文集 出版年月：2013.10 出 版 社：中国戏剧出版社
20		书　　名：《天津皇会文化遗产档案丛书》（凡十本） 体　　裁：文化档案 出版年月：2013.10-2014.06 出 版 社：山东教育出版社

总　号	书　影	出版信息
21		书　　名：《中国传统村落名录图典（样册）》 体　　裁：文化档案 出版年月：2013.12 出 版 社：中国传统村落保护与发展研究中心
22		书　　名：《中国传统村落立档调查田野手册》 体　　裁：文化档案 出版年月：2014.05 出 版 社：文化艺术出版社
23		书　　名：《当代社会中的传统生活——国际学术研讨会论文集》 体　　裁：论文集 出版年月：2014.07 出 版 社：天津社会科学院出版社
24		书　　名：《中国传统村落立档调查范本》 体　　裁：文化档案 出版年月：2014.08 出 版 社：文化艺术出版社
25		书　　名：《鬼斧神工——中国历代雕塑藏品集》 体　　裁：文化档案 出版年月：2015.01 出 版 社：中华书局

总　号	书　影	出版信息
26		书　　名：《天津大学冯骥才文学艺术研究院图介 2005–2015》 体　　裁：图文集 出版年月：2015.02 出 版 社：天津大学冯骥才文学艺术研究院
27		书　　名：《大树画馆图介 1993–2015》 体　　裁：图文集 出版年月：2015.02 出 版 社：大树画馆

学院大事记（2001–2015）

年 代	日 期	事 件
2001	2月3日	天津大学冯骥才文学艺术研究院成立（下称学院），冯骥才先生任院长，同时被聘为天津大学教授，兼任天津大学社会科学与外国语学院名誉院长。
	10月2日	举行天津大学冯骥才文学艺术研究院馆舍奠基仪式；中央电视台节目主持人张泽群拜师，成为学院成立以来第一位硕士研究生。
2003	1月	天津大学冯骥才文学艺术研究院馆舍建筑开工。
2005	5月9日	举办第一届“北洋文化节”新闻发布会。
	5月19日–22日	举行北洋文化节开幕暨天津大学冯骥才文学艺术研究院大楼落成仪式。同时，“跳龙门”乡土艺术博物馆建成。期间举办了“把新书搬进大学”书展、当代画坛名家邀请展、冯骥才绘画精品展、“新疆龟兹风情”摄影展、“中国的文房美”展览、“走近民间艺术大师”以及文学艺术讲座等一系列文化活动。
	8月30日–31日	召开“中国民间美术分类研讨会”。
	10月2日	举行盛宣怀蜡像揭幕仪式（尔宝瑞作）。
	10月11日–13日	举办意大利画家安德列·尼其达画展。
	12月25日	举办第十二届天津市摄影艺术展。展览至翌年1月2日结束。
2006	1月9日	召开《中国木版年画集成》审定会及年画辞典研讨会。
	3月19日	“意大利绘画巨匠原作展”展品抵达我院。
	3月25日	举办“意大利绘画巨匠原作展”，展出意大利文艺复兴时期画作49幅。展览至4月10日结束。
	5月19日	召开北洋书院落成一周年座谈会。
	6月20日	举行意大利画家安德列·尼其达捐赠画作《身影》的仪式。

年代	日期	事件
2006	9月18日	丽江市长杨一奔作“人类文明的皇冠”主题演讲。
	12月2日–10日	举办“陈和陈”平面设计艺术大展及研讨会。
	12月12日	德国汉学家柯彼得教授在我院做“葡萄美酒——在中国被遗忘的历史”讲座。
	12月16日–26日	举办“丝绸之路上的敦煌”艺术大展。24日召开“为了敦煌的久远长存”为题的敦煌保护研讨会，主讲人为敦煌研究院院长樊锦诗女士。
2007	3月25日	举办“宋雨桂访友画展”。展览至次月1日结束。
	9月16日–19日	成立“中国民间木版年画研究基地”和“中国民间美术遗产保护与研究中心”；同时，“滑县木版年画普查成果展”和“跳龙门乡土艺术博物馆”开幕。
	10月12日–15日	举办“人文精神与大学教育国际学术研讨会”。
2008	4月29日	北洋美术馆“拥抱母亲河”—郑云峰摄影展开展，同时在大树画馆举办“戊子之春”画展，展出《春城无处不飞花》等28幅画作。展览至次月8日结束。
	4月	冯骥才院长获准为天津大学博士生导师。
	5月19日	举办汶川地震哀悼日。
	5月22日	2006级研究生论文答辩。
	11月8日–16日	举办“蜡艺通神——尔宝瑞历届国际奥委会主席蜡像展”，同时召开尔宝瑞蜡像艺术研讨会。
	11月17日	召开《中国木版年画集成·俄罗斯藏品卷》推动会。
2009	1月2日–15日	举办“以画过年”——天津年画史展。
	5月18日	2007级研究生论文答辩。

学院大事记（2001-2015）

年　代	日　期	事　件
2009	6 月 13 日 -14 日	举办“田野的经验——中日韩非物质文化遗产保护方法论坛”。
	11 月 18 日 -19 日	举办“心灵的桥梁”・中俄文学交流计划，内容包括“中俄文学交流论坛”、俄罗斯文学中文版本展等，同时举行《中国木版年画集成・俄罗斯藏品卷》首发式（18 日）。
	12 月 8 日	召开“《中国木版年画集成》收尾工作会议”。
2010	6 月 7 日	在学院图书馆召开关于建立民间保护天津皇会奖励基金新闻发布会。
	6 月 13 日	2008 级研究生论文答辩。
	10 月 2 日 -7 日	举办第二届北洋文化节暨“把国家非物质文化遗产请进校园”活动。
2011	5 月 15 日	2009 级研究生答辩。
	11 月 5 日	“硕果如花——十年中国木版年画普查成果展（2001—2011）”展览暨“年画的价值”国际研讨会开幕。会上启动中国木版年画申请世遗。展览自 7 日起至 13 日止。
	11 月 6 日	召开“国家社科基金重大项目《中国木版年画数据库建设及口述史方法论再研究》开题论证会”。
2012	6 月 3 日	举行 2009 级博士答辩。
	6 月 8 日	举办文化遗产日主题活动——“天津皇会再抢救启动会”。
	10 月 20 日 -21 日	举办“李福清中国文化研究国际学术研讨会”。
2013	6 月 1 日	2010 级博士生答辩。
	6 月 4 日	举行中国传统村落保护与发展研究中心成立暨揭牌仪式，同时成立中国传统村落保护与发展研究中心学术委员会，并召开研讨会。

年 代	日 期	事 件
2013	10 月 13 日 -14 日	举办当代社会中的传统生活国际学术研讨会。天津皇会文化展同时展出，为期约两周。
	12 月 18 日	举行韩美林捐助天津皇会资金发放仪式。
	12 月 28 日	举办“《中国唐卡文化档案》项目论证会暨 2013 全国各卷主编联席会”。
2014	4 月 24 日	召开中国传统村落立档调查项目论证会。
	5 月 28 日	2011 级博士生答辩。
	6 月 10 日	中国传统村落保护与发展研究中心主持的“留住乡愁——中国传统村落立档调查”在北京召开启动仪式。中心的中国传统村落网站开通。
	9 月 4 日	召开与“中国乡村文化保护与发展志愿行动”（Rural Culture Renewal Movement，简称 RCR）志愿者团队代表座谈会。
	12 月 28 日	2012 级硕士研究生答辩。
2015	1 月 20 日	召开“中国传统村落立档已逾百村”新闻发布会。
	1 月 22 日	“中国传统村落网”英文网站开通。
	5 月 29 日	2012 级博士生答辩。
	6 月 16 日	召开中国传承人口述史研究所成立暨《天津皇会文化遗产档案丛书》发布会，并召开了学术研讨会。

图书在版编目（CIP）数据

十年磨一剑：2005~2015天津大学冯骥才文学艺术研究院图志 / 冯骥才主编. --北京：文化艺术出版社, 2015.9

ISBN 978-7-5039-6021-5

Ⅰ. ①中… Ⅱ. ①冯… Ⅲ. ①文艺—研究机构—概况—天津市—2005~2015 Ⅳ. ①Ⅰ-24

中国版本图书馆CIP数据核字(2015)第185913号

十年磨一剑

主　　编　冯骥才
责任编辑　程晓红
书籍设计　张亚静
出版发行　文化艺术出版社
地　　址　北京市东城区东四八条52号（100700）
电子信箱　whysbooks@263.net
电　　话　（010）84057666（总编室）84057667（办公室）
　　　　　84057691—84057699（发行部）
传　　真　（010）84057660（总编室）84057670（办公室）
　　　　　84057690（发行部）
经　　销　新华书店
印　　刷　北京雅昌艺术印刷有限公司
版　　次　2015年10月第1版
印　　次　2015年10月第1次印刷
开　　本　889毫米×1194毫米　1/16
印　　张　18.375
字　　数　30千字
书　　号　ISBN　978-7-5039-6021-5
定　　价　300.00元